Et mes Yeux

resteront ouverts...

pour que dure l'éternité

Visuel de couverture
Scénographie des Images
Isabelle Beaujean

Accompagnement à la publication
Laurence Dubranle

Et mes **y**eux
resteront ouverts...
pour que dure l'éternité

Isabelle Beaujean

« Maintenant, je me suis un peu consolé.
C'est-à-dire... pas tout à fait.
Mais je sais bien qu'il est revenu à sa planète,
car, au lever du jour, je n'ai pas retrouvé son corps ...

Alors soyez gentils ! ...
Écrivez-moi vite qu'il est revenu... »

Antoine de Saint-Exupéry
Le Petit Prince

Et mes Yeux resteront ouverts...

Note de l'Auteure

Il y a des moments où l'on ne sait pas ce qui se passe... On lit un livre. On le ferme. Le pose. Le ré-ouvre. On tourne les pages au hasard... Quelque chose de ses mots semble rester. Semble perdurer dans la mémoire comme un souvenir non né.

J'ai rangé le livre[1]. Lu. Terminé... et pourtant, il était toujours là, à errer dans ma tête. Dans les journaux, sur les réseaux sociaux, tout le monde le commentait. En félicitait l'auteur qui s'était livré comme jamais sur la perte tragique de son frère... Je soupirais. Ma perte à moi était toute fraîche. C'était par une belle nuit d'été, il était 1h30. Que s'était-il passé entre ces deux instants, ces deux décès, ces deux échos qui pourtant n'avaient rien à voir ? J'avoue... Je n'en sais rien. Alors, j'ai pris le stylo, une première fois, et j'ai écrit.

J'ai écrit à l'auteur de ce livre. Une lettre. Juste une lettre que j'ai imaginée venant de son frère... C'est là. À cet instant précis que je me suis aperçue et pourtant sans m'en apercevoir, à quel point il m'avait été facile de me glisser dans la voix de cet inconnu...

---

[1] « **Frères** », d'Alexandre Jardin - éditions Albin Michel

Ce n'était pas un simple « exercice de style », non... c'était bien plus. Et quand le téléphone a sonné. Lorsque j'ai entendu l'autre voix : celle, bouleversée, du frère, du restant. Celle d'Alexandre Jardin... Je ne savais plus QUI avait vraiment écrit. Et c'est terrible, je vous assure, comme sensation. C'est un sentiment de flottement. Une impression de ne plus être tout à fait là, ou plutôt d'avoir foulé un territoire d'où l'on est censé ne pas revenir !

Je crois que tous les deux, nous n'en revenions pas, d'ailleurs. Je crois que tout a basculé juste à cet instant, oui. Un immense questionnement commençait. Les voix, les pensées allaient se mêler et PARLER...

« Quelque chose s'est passé. C'est bouleversant. Quand je l'ai lu, je me suis dit : mais qu'est-ce que je lis, là ? Et puis, j'ai vu son nom, au bas de la lettre. C'était LUI. Quelque chose s'est passé, oui... Vous vous rendez compte de ce que vous avez écrit ? C'est d'une puissance. Jamais personne n'avait pensé à m'écrire cela, même pas moi. Sinon, j'aurais pu le mettre à la fin de mon livre. Quelque chose s'est passé, c'est d'un autre plan. On sait très bien que le cerveau est complexe, qu'il capte peut-être. Tout est vaste. Tout communique. Son ton est là. Il parlait comme ça. Vous lui avez donné la parole. C'est fort. C'est fort de redonner leur place aux absents ...

D'un seul coup, vous m'avez appris la liberté. Vous m'avez appris quelque chose sur moi. Vous avez vu juste et m'avez fait prendre conscience que son suicide était un geste de survie. Il ne pouvait en être autrement... Ce que vous avez fait touche au Sacré. C'est sacré, oui... Une porte s'est ouverte, en tout cas. »[2]

Ce qui s'est passé, non, je n'en sais rien. Mais j'ai repris le stylo... et j'ai continué.

*Ce frère est devenu le porteur de tous vos absents. Il a pris voix pour que je vous dise. Pour « témoigner », peut-être, de ce qui se passe... Après. Et puis, ma mère, bien sûr... c'est par elle, sans doute que les échos sont arrivés. Cela m'a tourmentée. Mais je ne cherche plus. J'écris. J'écris. Et ici, j'ai (dé)livré mes mots pour tous ceux qui partent et nous laissent **là**, bras ballants...*

J'ai inventé, ou peut-être pas, quels pourraient être leurs paroles, depuis « là-haut ». Alors est-ce ce frère, un frère (ou qui vous entendrez), cette mère qui parlent ? Ou bien moi, imaginant eux, les absents, parlant... me parlant ?

Je ne saurais vous assurer ni de l'un ni de l'autre.

---

[2] Paroles d'**Alexandre Jardin**, lors de notre échange, le 27 octobre 2023.

J'ai laissé venir les mots. Les ai laissés monter, remonter, sourdre de mon silence intérieur sans savoir **de qui** *ils étaient vraiment. Le doute. La folie (?) commençaient à m'envahir. Qui écrivait, qui parlait ?*

Et si nous n'étions jamais seul(e)s tout à fait ? Et si l'imagination n'était que des paroles soufflées... des échos venus de plus haut ?

J'allais sur un étrange chemin et je n'avais pour tout bagage que mon intuition. Mais qu'est-ce que cela peut faire, lorsque la parole prend corps ? Reprend ce corps que l'on croyait définitivement mort. Enterré. Parti en fumée. Oublié, peut-être...

Et s'ils pouvaient nous raconter leur histoire d'Après ? Leur impossible histoire d'outre-vie... Cet été, ma mère est partie. Elle s'est envolée avec un héron[3]. Si si, je l'ai vue. Ne riez pas. Suis-je devenue totalement dingue ? Et ces mots, qui peuplent ma tête, viennent-ils d'un au-delà de moi ? Suis-je... Sommes-nous reliés ? Les absents. Les vivants. Tous ceux qui, incognito, survivent dans les mémoires ignorées ? Je ne sais, mais ces mots passent...

Alors, je les attrape au vol.

---

[3] Quelques passages sont d'ailleurs empruntés ici à mon livre : « **Le vol du Héron** », publié en auto-édition chez BoD - *Books On Demand : bod.fr* -

19 juillet, 1h30

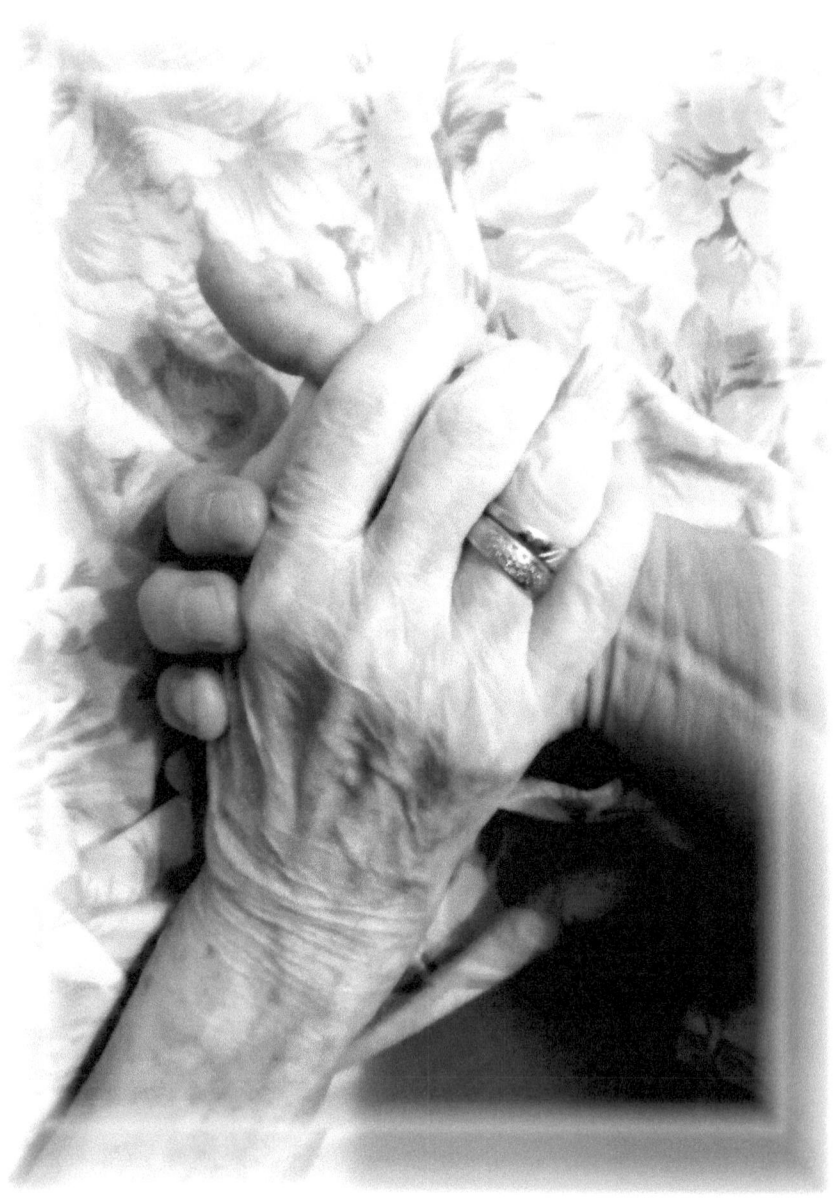

J'avais l'habitude de dormir peu, de dormir mal, mais ne me plaignais pas. Je regardais ma mère s'endormir puis je l'écoutais respirer, simplement. Tendrement. C'était un moment suspendu. Hors du temps. Une habitude, depuis quelques nuits... Combien ? Je ne comptais pas. J'avais trop peur d'en soustraire, d'en perdre, d'en oublier peut-être... Et puis un soir, mon cœur s'est arrêté... Un long silence venait d'interrompre le souffle de ma mère. Je m'approchai immédiatement du lit et attrapai sa main comme on retient quelqu'un sur le point de tomber... Le souffle reprit. Je ne pouvais plus la lâcher et tirai doucement une chaise pour m'asseoir, pour rester, pour veiller... Le temps n'avait plus d'importance. Mon sommeil non plus.

Je n'avais jamais accepté la mort et pourtant, je savais que j'allais la rencontrer... La tête de ma mère bascula vers moi. Elle avait les yeux grands ouverts et dormait pourtant. C'était troublant. Pour la première fois, j'eus l'impression qu'elle pouvait partir d'un instant à l'autre. Pour la première fois, la fatigue accumulée eut raison de mon poste de guet...

La mort des *autres* nous rapproche toujours un peu plus de la nôtre. C'est comme un grand froid qui nous traverse, comme une lame tenue par le destin sans nom. Comme un subtil craquement, au fond de soi, et dont on sait qu'il va s'agrandir, doucement, tout doucement jusqu'à l'instant précis, inconnu, imprévu (?) de *partir*.

Mais avant cet instant. Juste avant, je crois qu'il existe un autre départ... Comment dire... À force de la regarder, ma vue s'était brouillée et ce que j'allais voir allait faire vaciller tout ce que l'on croit toujours savoir.

Du corps de ma mère, je ne rêvais pas, je vis soudain s'échapper de la fumée... Pas une fumée de feu, non, car il ne se passait rien dans la pièce. Mais moi, je vous assure, je voyais *quelque chose* quitter son corps. S'évaporer. S'élever. J'étais littéralement subjuguée. Je crois que je savais. Assistais-je au souffle vital ? Au départ de l'âme ? Était-ce bien réel ? Est-ce que je voyais vraiment ce que je voyais ? « *Ça va aller* », répété-je bêtement en lui caressant le front. Pas de larmes. Pas de cris. Juste le silence et la nuit... Je crois que je savais, oui. Elle était tout simplement en train de *partir*. Juste une petite *fumée*... Et puis, à 1h30 du matin, il ne resta plus rien qu'une coque évidée.

Je m'étais endormie et je crois que je m'en voudrais toujours... C'est fou comme la mort peut vous prendre en silence. Au moment où l'on s'y attend le moins. Même si on l'attend. Même si... Je savais. J'avais tendu l'oreille. Je savais. Je ne l'entendais plus respirer de ce souffle rauque dont on ne sait d'où il vient. Je savais...

J'hésitais à allumer. Retenais mon propre souffle. N'osais bouger. Tout en moi savait et pourtant tout en moi refusait. Seule ma main essayait d'avancer, mais mes pieds ne le voulaient pas. Mes pieds refusaient, refusaient ce pas de plus qui me menait vers *l'après*... Cet *après* tant redouté. Cet *après* auquel on ne veut jamais penser et qui vous prend, comme ça, un jour ou une nuit. Qui vous prend comme une mariée insouciante qui ne sait pas ce qui l'attend. Qui vous prend et qui vous serre, vous comprime, vous enfonce le souffle au plus profond de vous-même pour aller crier comme on n'aura jamais crié de toute sa vie, de toute sa mort, de toute la sienne. *Oh, oui je savais...* et mes pieds durent se résoudre à avancer et ma main... ma main, délicatement, effleura les yeux de ma mère pour les fermer.

Je restai ainsi longuement. Debout. Hors du temps. Hors de tout. Debout. Vide. Vidée. Renversée. Mon cœur seul bougeait. Se débattait, peut-être, là, dans ma poitrine. Debout. Et rien d'autre en moi. Rien. Plus rien. Pourquoi m'étais-je endormie ? Pourquoi s'était-elle envolée... sans rien dire, sans appeler, comme ça ?

À cet instant, je crois que j'apprenais à vivre en apnée. Je tentais d'expirer cet instant *inexisté* puisqu'il n'avait plus de souffle... Et alors, faire comme si rien n'était arrivé. Rayer cette nuit de ma mémoire, de mon calendrier, de mon cœur enrayé sur une date, une heure, une putain d'heure.

J'avais relevé la tête et la regardait sans plus la reconnaître. Quelqu'un m'avait trompée. Ce n'était plus elle, là, étendue, endormie. Elle, elle m'attendait là-haut, à l'étage, ailleurs. Partout ailleurs mais pas là. PAS LÀ !

Il fallait que j'aille prendre un café. Il fallait que j'aille brûler tous ces mots que j'avais dans la gorge et qui ne pouvaient pas crier, puisque tout était faux. J'avais l'impression que tant que j'aurais mal, aucune autre douleur ne pourrait m'atteindre. Je voulais résister à l'inconcevable disparition de ma mère. Impossible.

Il était impossible qu'elle soit partie comme ça !

Puis viennent la famille, les ami(e)s... Il fallait bien les avertir. Leur annoncer. Les appeler alors même que l'on a juste envie de se recroqueviller.

Tout mon corps s'était raidi pour refuser l'aumône d'un geste qui pourrait me guérir. Je voulais souffrir. Je voulais qu'on m'ignore comme je voulais ignorer la dix-neuvième nuit de ce mois que je ne vivrai plus. C'était fini. Rayé. Mon calendrier à moi aurait un trou béant, une absence, une plaie que je cautériserais au café brûlant, au refus, à l'oubli qui écorche le cœur, puis laisse une empreinte encore plus profonde dont chaque petit bout ensanglanté repousse. Anathème d'un Prométhée, j'avais défié la mort en lui crachant mon refus à la figure et je voulais en payer le prix... Amère condamnation. Plaie ouverte. Béante. Puante. Sacrifiée à mon propre mensonge secret.

Jamais je ne ferai mon deuil. Jamais ! Et puis, quelle expression à la con ! On ne fait pas son deuil comme on fait des confitures !

Mais on m'avait prévenue : les *Après* sont toujours difficiles. Je n'avais aucun goût à me mettre seule à table ; aucun à mettre la radio ; aucun à me verser un café ; aucun à couper une banane en deux, puisque j'allais devoir la manger en entier... Je soupirais. Je soupirais tout le temps. Je n'aimais pas non plus m'asseoir sur le canapé où j'avais si longtemps dormi.

Resté sur une table, le flacon d'huile de *Fleur de Cerisier* avec lequel je lui avais massé les pieds... Avant. Juste *avant*... Je ne pourrai plus y toucher.

Avec ma sœur, nous avions bougé les meubles ; recouvert le lit de maman avec des coussins, plein de coussins comme s'il fallait le faire disparaître... Sur le dossier de sa chaise, j'avais volontairement laissé son gilet. Son gilet gris. Son préféré, bien que les mailles, tricotées avec patience, se soient agrandies. Puérile relique d'une présence que je respirais parfois, en passant... C'était idiot. C'était...

Un courant d'air glacial se mit à me parcourir. Souvent. Un souffle sur ma nuque. De plus en plus souvent. Un tremblement, léger, qui faisait remonter des bouffées de souvenirs...

La mémoire de l'enfance ne prévient jamais quand elle remonte. C'est comme ça, il faut lui faire face. Il faut l'accueillir comme le signal que rien ne s'efface, malgré tout. Malgré nous. L'accueillir, et puis la prendre dans nos bras. Tournoyer avec elle, en riant, même si ça fait mal, car elle est la part la plus sacrée de notre guérison à venir. Celle qui nous enseigne que les blessures devaient se vivre. Devaient continuer de nous habiter pour, un jour, que l'on accepte de leur tendre la main. Mais ça, tout ça, on le sait plus tard... Cela s'appelle le Pardon. Et c'est par DON d'un seul battement de notre cœur que notre âme vibre, fait danser notre mémoire... Les absents, alors, remuent. En nous. Au-dedans. *Vibrement.*

Pardonner. Se pardonner. Leur pardonner... Le chemin ressemblait alors à une longue marche impossible où chaque pas s'avérait un effort sur soi-même et sur tous ces cailloux, ces ornières, ces paysages arides d'une vie qui ne touchait plus vie...

Un courant d'air glacial se mettait encore à me parcourir. Un souffle sur ma nuque. Souvent... De plus en plus souvent. Frigorifiée. Je me sentais de plus en plus frigorifiée. C'était l'été. Un plein été comme elle aurait aimé en vivre. Et moi... Moi, j'allais de café en café, brûlant. Tasses après tasses, me réchauffant à peine les mains. Gorgées noires que je gardais, longuement, dans la bouche... Ne pouvant avaler. Brûlée. Figée. Ne pouvant bouger. Tremblante. Vacillante. Et toujours, ce souffle sur la nuque qui, incessant, semblait me rappeler l'invisible présence. L'insoutenable sentiment de me sentir coupable de pouvoir revivre, et pas l'autre... Pas elle. Plus elle. Partie en fumée que je tentais de serrer, serrer fort avec mes mains autour de ma tasse à la con.

SOUPIR.

Quand on est vieux, pourtant, c'est normal, de mourir. Et avec l'âge, c'est fou ce que l'on peut passer inaperçue. L'âge rend transparent et ralentit. Ralentit les gestes. Ralentit le cœur dans la poitrine. Rapetisse le corps, le souffle, le pas. Fait rouler des larmes dans la voix, même si l'on prend soin de rire. Prend soin de vivre. Encore. Encore un peu. Ralentis. Ralentissant... Tout.

Sauf le temps.

Quelque chose qui me dépassait s'installait en moi. *Quelque chose* d'invisible qui allait tout autant me faire croire que me faire douter. De moi. De tout.

J'écrivais. J'entendais des mots dans ma tête. Des milliers de mots qui n'en finissaient pas de s'écouler au travers de mes pensées qui, elles-mêmes, ne semblaient plus m'appartenir. J'écrivais. J'envoyais. J'étais dépassée. Un sortilège de larmes et d'émotions me répondait, emplissait l'écran de mon téléphone...

« Quelque chose s'est passé... c'est d'un autre plan. Tout est vaste. Tout communique... »

Comment savoir ? Comment être sûr ? Pourquoi, d'un seul coup, les portes s'ouvrent ? Des portes que l'on n'imaginait même pas parce que, tout simplement, on ne se doutait pas que l'on pouvait les imaginer !

Et si, de tous ces mots, il ne fallait finalement que retenir la force d'une présence retrouvée ?

« C'est fort de redonner leur place aux absents. »[4]

---

[4] Alexandre Jardin, échos de la page 8.

Depuis, je crois qu'il existe un lieu,
quelque part, où les âmes dialoguent...

Et ce lieu, ce peut être un livre. Ce peut être cet espace de papier, de vent, de lumière venue du plus profond de soi. Là où l'on va, sans se rendre compte de ce que l'on remonte...

« Alors soyez gentils ! Écrivez-moi vite qu'il est revenu », réclamait le Petit Prince...

Alors je vous l'écris.
Il. Elle. Ils sont revenus.

Et les paroles que vous allez lire, *chut*, ne me demandez pas, ne vous demandez pas... N'est-ce pas le plus important, que de savoir que tout continue ?

Peut-être.

19.04.24

Ton chemin et le mien auront liés -
Et maintenant que je sais où je suis, je sais où toi
Tu dois aller - Je t'y aiderai - Je ferai de mon
mieux pour t'insuffler la bonne route - Celle qui
t'apportera toutes les expériences dont tu auras besoin
pour t'élever, ensuite, jusqu'à moi. ...
Te dire que ce sont celles que tu attends ou que tu
espères, ça, je ne peux le dévoiler. Mais ce sont
les meilleures. Et elles renforceront encore ce que nous
sommes l'une pour l'autre. Ton chemin recèle la Lumière
dont nous avons tous besoin. C'est cela aussi, qui fera
la beauté de nos retrouvailles. Tout ce qui est vécu
de votre côté, déploie ses ondes jusqu'ici et nous permet
de vous suivre. De nous émerveiller ou de nous affliger
Mais en aucun cas, nous nous permettrons de vous
juger. Car en aucun cas nous n'oublions que, de votre
côté, nous n'aurions pas forcément fait mieux.
Juger d'ici serait un peu trop facile. Et beaucoup
trop injuste au regard de l'amour que nous
avons reçu à notre arrivée. À notre retour.
En cette boucle lumineuse qui nous libère à chaque
Révolution de l'âme. Chaque vie. Chaque Tour
nous allègent un peu plus. Et quel soulagement,
à chaque fois, de découvrir que nous nous retrouvons
nous-mêmes et les nôtres, un peu plus à chaque fois.
C'est véritablement magique et émouvant.
" Si je suis encore là " avais-je l'habitude de dire, en
parlant de nos projets ... Eh bien je suis encore plus LA
puis-je dire maintenant. Souris.

« Le Vol du Héron »

Je vous écris depuis ce pays lointain d'où l'on ne revient pas, paraît-il... Ma voix traverse le voile et vient se poser sous le stylo d'une inconnue. Une fille banale. Anonyme. Mais qui sait l'Absence... Elle écrit un peu pour elle, aussi. En vrai, il n'y a que l'Absence pour faire écrire, n'est-ce pas ?

Bref... Mais où en étions-nous, au fait, après ma mort ? Ah oui, ça y est, nous avons encore changé d'année ! Une de plus. Une de moins. Cela dépend du point de vue. Du point de vie. Dites... Et si on parlait ? Moi, l'absent. Et vous, les plus que présents. Moi, l'éternel parti trop tôt (ça se discute) et vous, les vivants.

*Ne vous demandez pas si je suis vraiment derrière celle qui écrit. Elle-même ne le sait pas et c'est très bien comme ça... Pour elle, je ne suis qu'un inconnu. Un passant. Votre fils. Votre frère. Votre père ou votre ami. Qu'importe, je suis la voix qui peut vous dire ce qui se passe **ici**.*

Et d'ici, je regarde vos vies.

Nous les regardons, toutes.

Votre mémoire nous ressuscite, mais votre cœur doit réapprendre à s'émouvoir. Car il y a le mental, et il y a le cœur. Et lui, il sait que nous sommes absents et c'est pour ça qu'il doit battre deux fois plus. Une fois pour là-bas, une fois pour ici. Où nous vous attendons.

Le plus dur, justement, c'est de tout voir, tout sentir, mais de ne plus pouvoir enlacer. Pour nous aussi, ce n'est pas rien, cette déferlante de souvenirs !

Parfois, vous jetez un caillou dans le puits de votre mémoire, mais après ? Qu'est-ce que l'on fait une fois que l'on a entendu le « plouf », là, tout au fond ? Ce bruit de moi, de lui, d'elle (ou d'ailes)... Mais après, on fait quoi ? Vous nous re-rangez dans votre mémoire ou sur une étagère dans le salon ? Vous savez, comme on le fait avec les cendres d'un mort à qui l'on parle quand on est triste. C'est con, hein... Surtout que... Peut-on aimer plus, après ? Je veux dire, encore plus, une fois que l'on est mort ?

Moi, d'ici, j'ai l'impression étrange que tu m'aimes plus, depuis que je suis mort. Oui, toi, là... qui me reconnais malgré toi, car il y a toujours un écho dans un cœur.

Moi, tu vois, c'est ça, ce qui me manque le plus. Ne plus sentir mon corps voler en éclats de rire. Ne plus hoqueter à s'en faire péter la poitrine. Ne plus expirer tout ce noir au-dedans de moi. Celui qui nous tombe dessus, tous, à un moment de notre histoire et qui s'installe, plus ou moins... Ici, vois-tu, on a le rire silencieux des hommes qui sont partis sans rien dire de plus. Sans pouvoir aimer plus. Sans vouloir se sentir mourir un peu plus chaque jour... En fait, on ne peut aimer plus si on n'a pas appris à rire plus, à rire mieux, à rire malgré tout... malgré nous. Alors rions. Riez...

Cela dit, combien sommes-nous, dans sa tête ? Elle-même pourrait-elle le dire ? Elle écrit sans réfléchir... Les mots lui viennent d'où qu'ils viennent. On peine à le croire, mais c'est fou ce que les morts peuvent être bavards ! Et ce qui est bien, c'est que cette folie de parler, d'entrer dans vos pensées nous permet de rester « finir le boulot ». Nous permet de dire ce que l'on n'a pas eu le temps, ou pas osé, ou pas su...

Les vivants sont maladroits, avec la mort. Ils la refusent ou la désirent. Dans les deux cas, ils se leurrent. Ils la refusent en se croyant éternels. Ils la désirent pour se soulager en pensant que tout va finir. Mais non.

*NON ! Rien ne dure et rien ne finit. C'est ça, le secret qui nous fait revenir dans la tête de ceux qui veulent bien écouter. Pourquoi untel ou unetelle ? Pourquoi **elle** ? Ça... même moi, même mort, je ne le sais pas. Il y a des choses qui n'appartiennent ni aux morts ni aux vivants. Tout ce que je sais, c'est que des deux côtés, il reste toujours des choses à apprendre. C'est incroyable, tu ne peux pas savoir... Pas encore. Attends un peu. Ici, on s'attend toujours, ne t'inquiète pas. Et là... elle... je sais ce qu'elle se demande... Est-ce que les morts discutent entre eux ? Est-ce que les morts qui ne se connaissaient pas vivants peuvent se rencontrer dans sa tête (ou une autre) et causer ? J'ai envie de dire non... quoique.*

Mais quoi... On n'est tout de même pas là pour se taper la discute ! Que voulez-vous que l'on se raconte puisque l'on ne se connaissait pas ? Des histoires de morts (vivants) ? Laissons les pensées de chacun(e) s'ouvrir aux interlocuteurs de passage... Bon... c'est vrai que parfois, certain(e)s d'entre nous s'installent. Un peu. Un peu plus. Et parlent, parlent... comme moi, avec elle. Elle ne s'y attendait pas et moi non plus.

Quelque chose a dû se produire en elle, en moi, au même moment. Comme un point de jonction...

Ce qui s'est produit en elle ? Je peux vous le dire, moi...
Ce qui s'est passé, c'est que moi, sa mère, je suis morte.
Je me suis envolée, comme elle dit pour ne pas le dire.

J'ai senti que je partais... Je partais sans bouger.
Sans plus pouvoir bouger. Elle, elle tournait autour de
moi comme si elle ne voyait rien. Et peut-être qu'elle
ne voyait rien. La vie tient aussi en ce qu'elle a de non
visible. La vie tourne... et elle continuera sans moi.
Ça fait un peu mal de savoir ça. Mais à quoi bon aller
plus loin lorsque l'on ne peut y aller sans peser de tout
son poids sur l'autre. Sur elle... Voilà. C'est sûrement
pour ça.

C'était en juillet. Elle ne pouvait plus lâcher ma main.
Elle veillait. Me veillait comme on veille un enfant
malade... Sauf que je n'étais pas malade, j'étais
mourante. J'en avais assez.

De mon corps, elle avait vu s'échapper de la *fumée*...
C'est **ça** qui s'est produit. Elle voyait quelque chose
quitter le corps de sa mère. S'évaporer. S'élever.

Elle était subjuguée. Assistait-elle au souffle vital ? Au départ de l'âme ? Était-ce bien réel ? Voyait-elle vraiment ce qu'elle voyait ? Pas de larmes. Pas de cris. Juste le silence et la nuit... Depuis, je suis dans sa tête, mais elle ne le réalise pas encore très bien... Pourtant il y a toujours, dans la nuit, un loup qui garde la meute de nos souvenirs. Je frappe à sa porte, mais elle ne me laisse pas entrer...

De quoi as-tu peur ? Pourquoi m'en veux-tu autant ? C'était l'heure. Tout simplement l'heure... La meute de tes souvenirs ne doit plus te faire souffrir. D'ici, je vis et je vois. Cesse de ne pas être toi. Ne ravive pas la brûlure de tes mauvais jours. Même ici, tu vois, il y aura toujours un bout de moi qui te serrera fort, fort jusqu'à relâcher l'étreinte pour te laisser aller, seule, sur ton chemin. Le mien s'arrêtait là. Et **là**, ma fille, je suis libre. Je suis libérée de tout ce poids que j'étais pour moi, mais aussi pour toi. Ici, tu sais, la conscience est vaste et quel « emplissement » de lumière !

Rien n'est à regretter, car tout s'accomplit comme il se doit. Je suis dans ta tête, car je suis dans ton cœur.

Voilà. Tout est affaire de rencontres, finalement. Même ici. Même depuis ici. Mais quelque chose, pourtant, me tarabuste : est-ce que je te manque ?

Est-ce que l'on manque vraiment, après ?

Ceux qui restent disent rarement d'un mort que c'était un salaud. Quand on est mort, c'est fou ce que l'on était quelqu'un de bien ! Ça m'a toujours fait marrer, ça.

La mort idéalise souvent le macchabée. On oublie tous ses défauts. On les efface alors qu'ils nous emmerdaient comme c'était pas possible de tout son temps de vivant ! C'est le miracle de la mort, sans doute, que de faire de nous des anges... Je ris... Bon Dieu, tu m'imagines, dis, avec des ailes ? Rions encore... Peut-être que si, finalement... Peut-être que je te manque. Et pourtant, je suis là ! LÀ ! C'est ça, le plus dur... Ne plus pouvoir toucher, caresser, enlacer. Devoir accepter de rester de son côté, là où il n'y a plus de corps, de peau, mais seulement une émanation de soi. Une lumineuse émanation « incaressante » et impalpable.

C'est dur, oui, de devoir accepter de rester du côté du non-corps, du non-visible, de la non-vie. Et pourtant, mon énergie te touche. Elle t'enveloppe. Te frôle. Te picote le crâne lorsque j'aimerais que tu te souviennes de nous. Mais je sais... Je sais bien que tu as mille autres choses en tête et que moi, je n'ai plus à être là, dans ton vivant à toi. Je soupire (oui, les morts soupirent souvent).

J'ai la nostalgie de nos fous rires. Ici, c'est sympa, tu sais. Mais bon... tu n'y es pas. Tu n'as pas terminé le rôle que tu as à jouer là-bas.

Je veille.
Te guiderai, même, s'il le faut.

C'est incroyable... J'ai l'impression que je ne pourrai cesser d'écrire. Ma main court derrière mes pensées. Jamais je ne m'étais demandé QUI parlait. N'était-ce... N'est-ce jamais moi ? Mais alors... Et si nos pensées n'étaient que des paroles venues depuis *l'autre côté* ? Et si rien ne nous appartenait vraiment ? Pourrions-nous n'être que le terrain de jeu *(de JE ?)* de ceux qui sont partis et qui ont néanmoins un nouveau rôle à jouer ?

Aurions-nous, sans en avoir conscience, nos «Guides» dans la tête ? Nos aiguilleurs de vie...

Ne penserions-nous jamais par nous-mêmes ? Nos actes seraient-ils ce *Destin*, déjà écrit, puisque dicté par la transmission de LEURS pensées ? Sacrée théorie qui ne va pas plaire à tout le monde ! EH, OH, mais qui parle, là, pour que j'écrive tout ça ? *Aaah*, on fait moins le malin, là ! On se tait.

On ne nomme jamais son Nom.

On ne nomme pas celui ou celle qui se cache. Ou alors, on laisse à chacun(e) le soin de se révéler, si tant est que quelque chose soit à révéler... Serait-ce donc le cas, là, entre *lui* et vous ? Entre toi et moi ?

Oui, c'est exactement ça, ma fille... Et tu le sais. Tu l'as déjà écrit. Et c'est parce que je suis partie, qu'une faille de lumière s'est ouverte en toi... Tu es alors devenue **notre** porteuse de pensées. Notre lien qui dit :

JE SUIS ENCORE... EN CORPS en toi.

C'est ça, le secret qui ne s'est jamais révélé avant. Pourquoi ? Je ne le sais pas. Sans doute n'était-ce pas le bon moment.

Toujours, il y a un temps pour savoir, un temps pour comprendre. Tu ne l'as pas réalisé - *du moins, tu ne le voulais pas* - mais tu m'as vue partir... Tu le sais. Je le sais. Et c'est cet incroyable moment qui est resté ouvert en toi. Ouvert au partir. Ouvert au revenir.

Alors, je suis revenue...
Et je parle dans ta tête.
Nous parlons...

ÉCRIS.

Écris ma voix. Écris sa voix. Écris ceux qui passent et peu importe si tu ne les connais pas. Ce sont tes pensées, malgré tout. Elles sont juste habitées, un instant, pour que tu puisses les dire, les écrire, les peindre, les rêver, les faire devenir... C'est ce que toi tu appelles : créer. C'est ce que nous, de ce côté, nous appelons : persister.

Persister comme la lumière. Celle qui éclaire vos pas. Celle qui continue d'être à vos côtés. Celle qui nous réunit sans début ni fin...

Et éclaire, des deux côtés.

J'attends... J'attends le soir comme on attend un être aimé. Mais je ne sais jamais QUI sera là... J'attends ce rendez-vous de l'encre. Celle qui coule le long de mon bras et vient tacher le cahier.

Votre voix d'encre, alors, m'envahit et s'étale...

Qui, ce soir ? Qui, dans ma vie insaisissable ?

J'ai soudain le souvenir de celui qui s'avance et, dans le halo de ma lampe, prend mot. Prend corps. Passe par le mien...

Et je passe... Même si on ne se connaît pas. C'est comme se croiser dans une rue, se sourire... Un rien. Un geste infime qui peut tout faire basculer en soi, en chacun. Un geste offert et qui dit tout ce que l'on a besoin de ressentir en cet instant du croisement... du passage... du souffle qui se soulève d'un corps à l'autre.

Ici, comme partout, la vie est. On s'y croise, car nous sommes devenus elle. Devenus Tout. Devenus la vie réunie. Celle qui réconcilie les excès de nos peurs, de nos limites, de nos errances, de nos conneries.

Ici, moi, je suis entier. Mon cœur et mon esprit battent au même rythme que l'Âme du monde. Oh, c'est si beau de se sentir appartenir à quelque chose d'aussi vaste que l'Âme commune à tous ceux d'ici.

Pour la première fois, je suis relié sans me sentir attaché. Pour la première fois, JE SUIS ! C'est fou, non ?

Quand vous pourrez voir ça, vous serez épatés tant le destin nous précède, nous élève, nous fait vibrer... Tout est écrit. C'est une évidence !

Allez, viens !
J'attrape ta main.
Viens. Courons encore...
Tu as l'essoufflement de ton corps.
J'ai la légèreté de mon âme.

Je te souris. Je te regarde. Ta vie n'a pas effacé l'enfant. Je sais qu'en toi, il y a les larmes et les rires. Les peurs et les blessures. Et il y a moi. Disparu, mais pas la trace. Pas la rencontre. Pas l'être ajouté puis soustrait. Toi moins Moi. Mais toi enrichi(e) à jamais de moi. En vérité, rien ne s'efface. Écris, écris...

Médium... Quelqu'un t'a déjà posé la question ? Tes pensées fuient. Tu te dis : ça y est, ils vont me prendre pour « Madame Irma[5] » ! Mais qu'est-ce que tu t'en fous ! VAS-Y ! Et laisse-les dire ! C'est sûr que pour beaucoup, dans leur tête, y'a pas grand-chose ! Toi, au moins, tu as les mots ! À qui ils appartiennent, est-ce si important ?

Les mots sont là pour être des passeurs de pensées. Les mots sont en toi pour que tu leur donnes corps. **Ton** corps. Et c'est de là qu'ils vont s'élancer pour aller toucher d'autres corps, y entrer, y préparer à leur tour d'autres pensées. C'est **ça**, le plus important : ce mouvement des mots. Cet incessant dialogue entre soi et un autre soi et d'autres encore.

Qui a lancé le premier ? On s'en fout !

C'est d'être le ricochet, qui compte ! Sinon, on coule !

En peinture, tu le sais bien, un médium, c'est un liant. C'est ce qui lie... Relie... Comme quoi deux univers peuvent ne faire qu'un et là, ce lien, c'est toi.

---

[5] Personnage de fiction dépeint sous les traits d'une diseuse de bonne aventure

Ne cherche pas plus loin. Écris, oui. Et celui qui te lira, liera à son tour...

J'entends. Je sens. Je sais ta voix, sa voix...

Est-ce que je ne deviens pas tout simplement folle ?

Non, ma fille. Tu deviens ce que tu as toujours été, mais dont tu te défendais. Dont tu te défiais. Cette part lumineuse et pourtant refoulée, enfouie tout au fond de toi. As-tu oublié ? Quand nous nous amusions à deviner les nuages et tout ce qu'ils cherchaient à nous raconter. C'était souvent toi, qui gagnais. Je savais que tu serais différente. J'attendais. Je désespérais de devoir trop attendre et puis, finalement... L'onde de ce que tu es rejoint enfin l'onde de ce que je ne suis plus. Mais qui flotte, encore, au-dedans de tes pensées... Écoute. Écoute comme je souffle tes mots. Comme ils sifflent, tel le courant d'air qui fait claquer ton cœur. On appelle ça des battements, mais ce sont des ondes d'amour qui nous relient au-delà de nous. Écoute...

Je savais, oui.

Dans le secret de ma mémoire, je savais.

Dans l'amour de mon enfance, je savais.

Dans l'absence cruelle, je savais qu'il fallait toujours laisser filtrer la lumière dans nos pensées, car ce sont elles, qui éclairent le cœur.

Maman... Il ne me restait plus qu'à faire un pas pour ouvrir la porte. Un seul pas. La vie était suspendue au vide de ton corps absenté.

Une fille, un fils, ça vit toute sa vie avec le sort jeté de l'abandon, de la perte ; de la disparition annoncée sans jamais qu'elle le soit. Et tous, vivons ridiculement avec cette folle et merveilleuse inconscience d'une éternité pour laquelle on est tous prêts, toute sa vie, à faire tous les mensonges du monde.

On peut tous basculer à n'importe quel moment.
Et on se sauve de soi-même comme on peut.

Parfois, la folie est le seul territoire où l'on peut être soi. Être libre. Voler. Dézinguer toute cette réalité à la con qui n'est que l'ombre de tous nos rêves avortés.

La folie... ou une balle.

Oh, ne pense à rien. Ne pensez à rien. Il existe des instants plus vrais que tous ceux espérés. Car l'espoir n'est qu'illusion. L'espoir ne suffit pas. Seul le rêve peut générer la réalité, car les rêves n'attendent rien. Ils viennent. Ils peuplent nos nuits et puis s'oublient. Ou pas. On les camoufle dans l'obscurité des possibles inattendus. Et c'est parce qu'ils ont été rêvés, que nos instants les plus vrais sont si difficiles à reconnaître...

Et ce sont nos peurs, qui gâchent tout. Surtout quand on n'a rien su dire de ce qui faisait palpiter notre cœur et que l'on s'aperçoit qu'il est trop tard... ou presque. Lorsque le souffle chaud vient vous traverser le corps et que vous flottez... Flottez... Vous êtes au-dessus de vous, de votre corps, allongé, resté au sol, figé. Sans douleur. Sans peur. Flotter. C'est tout. C'est calme. Étonnamment calme et doux. Mais c'est trop tard...

Sauf que parfois, vous revenez. C'est votre seconde chance. Votre enseignement. Une forte émotion vous serre la gorge et votre souffle, vous laisse dans la voix ce souvenir d'une myriade de particules de lumière.

Autour de vous, des ondes de présences vous ont comme enlacé et cela restera indélébile.

C'est le soir. C'est presque toujours le même soir, en continu, ininterrompu. C'est comme si les mots attendaient sagement leur tour, leur moment, leur silence après le jour. Quand tout retombe. Tout. Surtout les pensées encombrées du quotidien.

Allez... C'est votre tour, vous pouvez y aller... Sans vous, je ne sais quoi dire, de toute façon. Ma vie ne fait que passer. Je ne vois rien à en raconter. Alors que vous, là-bas... Depuis là-bas...

Je vous écoute.
Nous sommes là... *Toujours*.

La lumière, de ce côté, est intense, enveloppante et permanente. Comment dire, ma fille ? Elle ne sert pas à éclairer. Non, la lumière, ici, nous rend visibles à nous-mêmes. Nous vibrons en une image qui fut nous et qui irradie, maintenant, de tellement plus...

Oui, c'est ça, et ici, il n'y a pas de temps. Nous sommes en un éternel présent. Nous sommes telle une succession d'ondes de lumière qui se transmet de particule en particule et grandit, nous agrandit chaque fois un peu plus. Des milliers de «je suis» circulent et illuminent chaque instant de soi. C'est difficile à entrevoir, nous le savons... Mais la plénitude de notre lumière est notre histoire. Celle de chacun, qui part et qui revient. Chaque fois un peu plus Soi, afin de nourrir le Nous.

Oui, c'est ça... Ici, rien n'est séparable. Nous sommes tous une part de chacun et nous brillons ensemble. Oh, si vous saviez comme c'est si intense et si réconfortant...

C'est ce que vous, de votre côté, n'arrivez pas à générer. Vous êtes des générations d'individus en compétition les uns les autres au lieu de cultiver vos différences et vos complémentarités. Car un individu n'est rien, tu le sais, ça... Un seul ne prend toute sa valeur que lorsqu'il génère un mouvement qui va nourrir un groupe, puis un autre, puis encore un autre...

Ici, chacun oui, est relié à l'autre et c'est ce qui nous permet, tous ensemble, d'être une énergie inépuisée !

Et c'est tellement beau, si vous saviez.

Et on se souvient de tout, tu sais !

*De votre côté, la tête est un réceptacle, un Graal ou un seau misérable, cela dépend... Ici, la tête, c'est l'Espace ! Tout ce que l'on pense y gravite. Tout ce que l'on a vécu, ressenti, accompli ou pas, est comme reflété sur des myriades de particules de lumière. Tout est là ! Tout ! Et ici, non seulement **je suis**, mais je suis Tout !*

C'est tellement incroyable... Comme nous pouvons être ridicules, avant, quand on vit. Mais c'est le jeu. C'est l'en-jeu. On y joue tous, plus ou moins bien. Et puis après... On se retrouve. On fait le bilan.

On se pardonne.

Oui, on se pardonne toujours, ici.

On sait que l'on reviendra autant de fois qu'il le faudra pour faire mieux, ou autrement. On sait tout ça, mais on ne le sait que quand on est (naît) de ce côté-là.

C'est con. Ce serait tellement plus simple si l'on pouvait revenir en se souvenant d'ici. On ferait moins de conneries et on aimerait mieux. On réaliserait que le meilleur est entre nos mains, nos pensées, nos façons de nous enlacer les uns les autres...

Moi, je me suis souvent demandé si l'on pouvait changer le destin. En fait, qu'est-ce que cela change, pour un homme sauvé de la noyade, s'il passe sous une voiture le lendemain ? Tu vois ce que je veux dire ?

Dans la vie, il y a souvent plus de questions que de réponses... Et dans la mort, c'est la mort, je crois, qui est la seule question contenant sa propre réponse. C'est peut-être vital pour l'Après. Une sorte de point de suspension. Un point de silence qui siffle comme le vent en traversant un couloir vide... Ou une bouche, ouverte. Béante. Un cri...

On sera mort de toute façon.

Et vous savez... une fois morts, nos corps ne sont plus que des embarcations *deshabitées*. Elles flottent, elles dérivent, elles s'accrochent à la chair de ce qui n'existe pourtant plus... N'ayez pas peur, ce n'est rien.

Chaque corps est porteur de son histoire, mais celle-ci ne s'arrête pas à lui. Elle voyage. Elle se répand comme la lumière. Elle signifie que nous sommes et que nous devenons en permanence au-delà de nous...

Tout est prévu. Tout est à accepter.

Vous savez, quand le grand oiseau vient vous chercher, on ne le sait pas. Il se pose. Il vous regarde. On le regarde. À aucun moment, on ne se dit qu'il est venu pour nous, pour avertir. Les oiseaux sont un lien merveilleux entre notre ici et votre ici. Car nous restons ensemble, même après... Malgré tout ce qui les divise, les êtres sont tous reliés, qui qu'ils soient, où qu'ils soient.

En fait, on attend toujours trop pour parler des gens qu'on aime aux gens qu'on aime. Et puis le temps passe. Il nous déshabitue à l'absence que l'on a soigneusement rangée dans un tiroir... Quelques photos, même floues. Un canif. Une montre arrêtée...

Et la vie continue...
La vie... La vie d'après.

La mort unit parfois les rescapés qui ne savent pas quoi faire de leurs béquilles. Ensemble, ils réapprennent à marcher et parfois même, se surprennent à courir... Courir comme avant. Courir comme si...

Oh, je sais la peine, immense, de la perte. Je sais l'oubli, qui n'oublie rien. Je sais l'angoisse du silence autant que celle des mots dont tu ne sais d'où ils viennent... Je sais que tu m'entends, mais tu penses que tu rêves. Tu penses... mais tu sais.

Moi, je sais maintenant que j'aurais dû sécher mes larmes plus tôt, plus vite. Mais l'absence et les regrets, ça prend de la place, vous savez, dans un cœur.

Mais ça, on ne le sait qu'après,
dans l'Après.

Je laisse venir les mots. Je ne sais jamais quelle pensée va arriver. Personne ne le sait, d'ailleurs... On entend ce que l'on pense avant d'entendre ce que l'on dit. Avant de voir ce que l'on écrit. C'est troublant, si l'on y réfléchit.

Tout se passe en soi AVANT et pourtant, on ne peut rien corriger. Rien arrêter de cette déferlante de mots qui submerge et nous fait dire, parfois, ce que l'on regrette aussitôt. *PFFFFF*, j'aimerais bien tenir le malin qui me fait dire n'importe quoi !

Mais alors, qui est LE responsable, en fait ? Pas moi ! Non, mais ce serait un peu facile de me faire penser puis de me reprocher de dire ce que je pense ! Ici, souvenez-vous, on est d'une mauvaise foi désopilante. Tout est bon pour dire que c'est la faute de _l'autre_, alors là... Permettez !

Je suis là. Je ne demande rien à personne. Vous passez et hop, il faudrait que JE sois responsable de vos mots ?

Tu nous fais rire, ma fille...

Ici, tout est pardonné. Tu ne demandes rien et pourtant, tout de toi est aux aguets de ce que tu pressens se passer de **notre** côté. Alors forcément... Nous répondons. Même ici, vois-tu, on n'enfonce pas des portes ouvertes !

Tu vibres avec nos mots et tu le sais très bien.
Tu esquives. Tu feins. Mais tu sais.

Nos mots te traversent, portés par des ondes qui n'appartiennent qu'à toi.

Chut...

N'ouvre pas les yeux. Reste dans ton sommeil. Regarde, il y a aussi des chemins qui se tracent dans la nuit ; des petites lumières qui scintillent sous les paupières ; des rêves enfouis que tu peux retrouver, re-puiser, ré-allumer comme les réverbères du *Petit Prince...* Tu te souviens ? Sans le savoir, ce dernier soir, c'est ce que tu as fait pour moi... Allumer les réverbères de *l'Après*. Allumer les mots pour que j'aie moins peur de la nuit qui m'enveloppait...

« Ça va aller », ne cessais-tu de me répéter. Je sens encore ta caresse sur mon front. Douce... Si douce pour passer... pour traverser de l'autre côté malgré l'angoisse.

La tienne comme la mienne.

Mais parfois, le départ est plus violent. Inattendu, du moins, pour ceux qui restent. Parfois, le cœur lâche. La tête explose. Un accident emporte... Parfois, aussi, le cri... le cri intérieur submerge le corps.

Et le cri incessant devait cesser.
Voilà. C'est tout. C'est fini.

Mais tu sais... C'est beau, l'envol. Il y a ton corps, qui est par terre. Couché. Vidé. Et il y a toi, non plus vivant, mais vibrant. Vivant autrement. Vibrant intensément. Flottant. Soudainement léger. Allégé de tout. Sans plus de limites. Sans cette limitation du corps... Tu comprends ?

La transition est quasi immédiate. C'est comme une marée d'énergie qui s'extirpe de toi. Comme la mue d'un serpent qui abandonne sa peau... Toi, tu abandonnes ton corps. Tu t'élèves. Tu sors. Tu glisses en dehors de toi... Puis tu réalises que tu es devenu une sorte d'émanation de ce que tu as été. Une émanation de soi.

C'est ce que je suis aujourd'hui et comme c'est tellement plus vrai que cette ombre que je me trimbalais en essayant de vivre.

La lumière est devenue ta peau... Très vite, elle t'enveloppe. T'aspire. Te guide et tu sais alors, que tu es accompagné. Tout semble attendu. Prévu.

Voilà, tu es revenu là où tout a commencé.
C'est incroyablement émouvant.

*J'ai retrouvé ici quelque chose qui m'a toujours manqué là-bas. Je ne sais comment dire... **ICI**, je suis chez moi. Ici, je suis moi et nous, tout à la fois. Et quelle plénitude, soudain ! Jamais je n'aurais cru pouvoir ressentir une telle chose.*

Dire que la mort peut si incroyablement redonner VIE, je n'en reviens pas ! Et le pire, c'est que l'on est tous là ! On se retrouve ! On se revit d'une autre façon ! On se pardonne, surtout. Ici, mon ami, mon frère, mon père, ma sœur, ma mère, nos aimé(e)s d'un jour ou de toujours... on est tous de la même lumière.

Et même nos pires, nos insupportés, nos salauds croisés, nos bourreaux, nos oublié(e)s, nos maudits... TOUS, on les retrouve. On se retrouve car nous ne formons qu'un. Nous sommes les deux faces d'une même pièce. Rien en nous, rien de vous, n'est totalement ange ou démon. Et ceux que nous rencontrons dans notre vie sont là pour nous le rappeler. Pour faire émerger à notre conscience ce que nous devons, sans cesse, améliorer de nous. Mais ça... C'est une autre histoire... Une histoire de vivants, persuadés que les uns ont tort et les autres (soi, en général) ont raison.

Eh oui...

Eh oui, tu vois... Ce n'est **que ça**, un corps... Juste une coque sur les vagues de la vie. Juste une embarcation, avec ses passagers et ses escales. Ses phares et ses écueils. Mais l'esprit... Ce qui fait que l'on s'élève parfois au-dessus des vagues. Cette âme, cette onde de soi, c'est dans le vent, ma fille, dans le vent qu'elle se trouve ! Pas dans la coque du navire... Et ce qui fait la longueur du voyage, c'est le vent qui nous pousse, qui nous soulève, nous élève et nous apprend à braver les vagues en les acceptant, en les remerciant, en les reconnaissant comme faisant partie de notre chemin.

Mais parfois le corps chute. Le corps se brise.
Le cœur s'essouffle. On baisse les bras.
Le vent tombe...

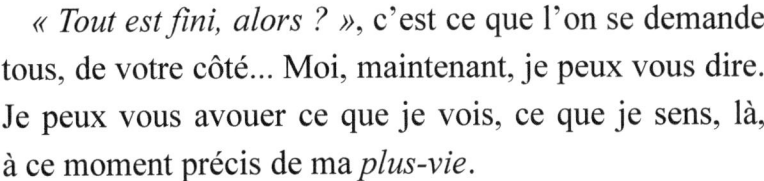

La vie aussi.

« Tout est fini, alors ? », c'est ce que l'on se demande tous, de votre côté... Moi, maintenant, je peux vous dire. Je peux vous avouer ce que je vois, ce que je sens, là, à ce moment précis de ma *plus-vie*.

Tout. Je sens tout ! Et je m'en émerveille à chaque instant. Je suis ici et je suis là... Je suis avant, après, et cet instant juste entre les deux. Flottant. Vibrant. Nous réunissant.

Je suis la coque et le vent, ma fille. Nous le sommes tous, mais on ne le sait pas, ou pas bien. Ou trop tard. Comme moi. Et on a peur. Tous. Peur de tout. De ce tout qui s'ouvre devant nous au moment de franchir le seuil de *l'Après*...

La peur est l'anathème auquel nous n'échappons guère. La faille où le vent s'engouffre et siffle, siffle dans notre tête qui n'entend plus rien. Plus rien du Tout. Mais *ça va aller*, tu avais raison... Tout est prévu, vous savez. Même la peur. Et puis ensuite, tu ouvres les yeux et tu ne sens plus le vent, non... Tu es le vent ! Tu es en lui et il est en toi ! Regarde... Regardez, je suis **là**. Je suis toujours là. Dans *l'en-vie*. Dans cette lumière qui fait de nous des êtres *in-séparés*. Tu ne dois plus douter de l'in-fini, car c'est grâce à lui que je continue d'être.

Ici je suis bien, tu sais. Je vibre, je passe et te regarde, te veille. Nous sommes plusieurs, avec toi. « Ensemble » est un mot qui, ici, prend tout son sens.

J'avais fini ce que j'avais à vivre. Peut-être même suis-je restée un peu plus longtemps, car je craignais de te laisser. Voulais... Voulais encore. Mais j'avais tort. C'est pour ça que j'ai eu mal, pour ça que j'ai souffert.

La maladie, quand on est vieux, vient nous rappeler qu'il est temps. Mais trop souvent, on n'écoute pas. On s'accroche. On veut rester à tout prix sans jamais se décider. On se dit qu'on a le temps, de mourir.

Je regrette d'avoir pesé entre tes bras. Peser dans tes rêves qui voulaient eux aussi me garder pour toujours. C'était idiot. Tu le savais. Moi aussi. Mais aucune n'a osé le dire. Le temps donne de mauvaises habitudes à la vie. Aujourd'hui je sais que l'on peut rester d'une autre manière... Alors je suis là, dans ta tête.

Crois-moi. Crois-toi...

Ne te pose pas autant de questions. Ne pense à rien. Vis. Vibre. Il existe des instants plus vrais que tous ceux espérés. Car l'espoir n'est qu'illusion. L'espoir ne suffit pas. Seul le rêve peut générer la réalité, car les rêves n'attendent rien. Ils viennent. Ils peuplent nos nuits et puis s'oublient. Ou pas.

On les camoufle dans l'obscurité des possibles inattendus. Et c'est parce qu'ils ont été rêvés, que nos instants les plus vrais sont si difficiles à reconnaître. Ne t'y trompe pas, ma fille... Et ne m'en veux pas... Il était temps pour moi de répondre au signal de lumière. Je ne pouvais rester plus. Je ne le devais.

J'avais déjà tendu les bras, mais ils retombaient par manque de courage. Pourtant, je les voyais **tous** qui me souriaient, qui m'appelaient, qui m'encourageaient à venir les rejoindre... Et puis, je te voyais toi, qui me voyais tendre les bras vers le vide. J'avais l'air de quoi ?

Rions, ma fille... Et pardon. Pardon pour toutes ces hésitations à partir alors que mon corps se déchirait chaque jour un peu plus... On est un peu trop égoïste, quand on meurt, comme ça, en plusieurs fois. Et c'est fou comme la douleur peut être dépendante du réel que nous nous inventons. Tu sais, tout est écrit et pourtant rien ne l'est tout à fait. Nous lançons les dés, mais c'est le destin qui nous fait ses propositions. Et quand le pire arrive, tu as le droit de t'effondrer, cela fait partie du chemin. Mais ensuite ? Regarde, regarde où tu en es. Il y a forcément un nouveau chemin à découvrir ! Vois ce que tu dois changer !

Cela te fait peur ? On tremble tous, tu sais... le temps que les dés roulent. La vie est comme un jeu de l'oie, tu te souviens ? Tu t'indignais toujours lorsque ton pion te menait tout droit en prison.

Les événements de la vie bousculent souvent notre mémoire. On oublie facilement ce qui nous dérange. On oublie parfois durant des années et parfois même, on pense que ça n'est jamais arrivé. Ton esprit te mène par le bout du cœur. Tu te sens coupable de ce que tu as vu, dit ou fait ou pas fait, alors tu refuses de t'en souvenir. C'est ainsi... Il y a des choses pour lesquelles on n'est jamais prêt.

La vie, la mort, rien ni personne ne nous y prépare et pourtant, il faut y aller... Rester entre les deux, ce n'est pas possible. Rien ne s'arrête. Le chemin des hommes est d'être dans le mouvement de l'univers. De faire partie de lui comme lui fait partie de nous. Telle est la loi des passages. Celle qui nous révèle que nous ne nous éteignons jamais. L'immortalité n'existe pas, car elle n'a pas besoin d'exister. Nous naissons à notre mort et nous mourrons à notre vie, tel est l'in-fini.

Tout est toujours là, dans le corridor de nos possibles. Et parfois, des êtres passent... Des artistes, souvent.

Ils cueillent malgré eux, sans le savoir, des réalités qui ne sont pas nées. Ils savent, sans le savoir, que l'univers est comme une grande bibliothèque... Le moment venu, nous choisissons des livres, les histoires qui vont être les nôtres. Mais ce n'est pas pour autant qu'une autre histoire n'est pas possible. Simplement, tant qu'elle n'est pas choisie, cette histoire n'est pas née et rien d'elle, rien, ne peut nous arriver.

Mais tout est là. N'en doute jamais. Nous pouvons tous être des créateurs et accéder à cette bibliothèque, mais on ne le sait pas. Les artistes, eux, croient qu'ils imaginent alors qu'en fait, ils ont rendu visible quelque chose qui n'existe pas. Ou pas encore... Tu comprends ?

C'est cela, oui, seuls les artistes peuvent faire d'un possible une réalité. Quand on crée, on va chercher au fond du puits et on ne sait jamais à l'avance ce que l'on va remonter.

On écrit. On peint. On joue. On extirpe quelque chose de ses entrailles afin de le mettre au monde. Dans la douleur, souvent. Mais c'est le prix à payer pour révéler les ombres et les lumières qui font de nous des êtres qui nous reconnaissons les uns les autres. C'est beau et c'est terrible, car celui qui crée est souvent celui qui se sacrifie. C'est celui qui part en éclaireur pour tous les autres, qui le suivront, ou pas. Et puis, c'est celui dont ils diront qu'il est un fou ou un génie ! Mais la plupart du temps, il est trop tard. Les génies sont usés et les fous se sont flingués.

Toute leur vie, ils auront souffert... In-entendus ou si peu. Écrivant en souffrant. Créant en hurlant sans pourtant rien dire ou si mal... Crachant des mots, des couleurs, des chants, des gestes qui auront, jusqu'au bout, le goût du sang séché après avoir tant de fois mordu la même plaie...

Et puis un jour, « on revient ».
Et quelqu'un l'écrit, comme le demandait Saint-Ex.

Une longue nuit de fiançailles avec la mort... C'est ça. C'est comme ça que je me souviens de ma vie. Et ce n'est pas triste, non ! Ma vie à moi a été bien plus remplie que pour la plupart de ceux qui meurent vieux ! Entre la mort et moi, il y avait un pacte que j'ai signé dans un grand éclat de rire et puis j'ai traversé la vie comme on traverse une route sans regarder !

Je sens votre cœur battre...
Frapper, même.

Je sais à quoi vous pensez...
Et l'amour, dans tout ça ?

C'est vrai. On parle, on parle... mais les rencontres sont aussi ce qui nourrit nos vies. Ce qui les pulvérise, parfois. En fait, pour un homme, ce n'est pas si facile de réaliser à quel point ce sont les femmes qui nous choisissent. À quel point elles croisent nos vies pour nous guérir. C'est comme si elles devinaient nos blessures et venaient à nous, simplement, pour y déposer un baiser. Un baiser de mots ou de silence. Une onde qui répare ce qui est cassé. Et nous allons, alors, d'amour-guérison en amour-guérison sans même nous en apercevoir. Nous croyons choisir, convoler, consommer (pas toujours dans cet ordre), puis nous hurlons à chaque séparation sans comprendre que c'est parce que nous sommes guéris... Il n'y a que les femmes pour nous faire vivre ça. Et on ne sait jamais combien de temps va durer une guérison. Un amour, c'est d'abord notre propre énigme rencontrée.

Ma fille, elle, ne voit jamais quand on l'aime. Ou plutôt, elle esquive l'amour et ses démonstrations. C'est ma faute, sans doute. On apprend toujours aux enfants à se défendre, mais jamais à aimer. Encore moins à se laisser aimer. On les laisse se débrouiller. Souvent, même, on préfère ne pas savoir. L'amour, la mort, on n'en parle pas. On apprend à vivre dans le mystère de ces deux mots qui pourtant peuplent nos vies.

Nos enfants se mettent à marcher en lâchant notre main et rapidement, ils sont devant nous. Nous émeuvent. Rient. Se sauvent. Font semblant de se sauver et nous... semblant de les poursuivre, de les rattraper, mais jamais, jamais on ne les rattrape.

Enfant, on n'imagine pas encore que l'on vient de commencer notre terrible et fabuleuse errance. Et puis un jour, on se souvient de tout. On est vieux, mais pas toujours. On s'est pris un coup, une chute, un accident, une balle ou une maladie... C'est là que l'on s'aperçoit qu'il existe un lourd silence entre soi et soi. Une zone oubliée. Une friche, où l'on n'a rien construit.

Un abandon, peut-être... Oh, ma fille, n'abandonne pas, s'il te plaît. N'abandonnez jamais... Le temps passe si vite ou plus du tout. Foutu. Disparu. Évaporé sans que l'on ait su réagir à temps !

Je souffle sur ta joue... Le sens-tu ? Je souffle ce baiser que je n'ai pas pensé qu'il fallait te donner, avant de te quitter. Le sens-tu ? Je suis là... Je t'aime...

L'amour, tu sais, c'est reconnaître inconsciemment cette part de soi qui vibre en l'autre. Et ceux qui s'attirent, ce qui attire, ce n'est ni ce qui est semblable, ni ce qui est opposé. Tout est dans tout. Chacun, tu sais, a sa part enfouie en l'autre. Parfois, on met toute une vie à la trouver, ou pas. Toute une vie dans la poussière d'un vestige qui nous attend, qui nous fait signe, mais que seul le secret de nous-mêmes est capable de reconnaître.

Vous savez, dans une vie, il y a toujours des pages qui s'arrachent. On n'y peut rien. On ne peut supporter leur grand vide. Ce trou qui siffle. Cette solitude qui broie.

Car on est toujours seul(e), en fait.
Désolée de vous le dire comme ça...

Et pour peu que l'on marche en équilibre sur le rebord du trottoir, c'est fou comme on peut faire peur aux autres... ou à la vie tout entière. Combien de fois, je t'ai dit de ne pas marcher si près du bord ? Combien, ma fille ? Mais toi, tu riais. Tu ne voyais jamais les voitures qui te frôlaient. Moi, si.

Tu ne voulais être ni d'un côté ni de l'autre. Alors, tu étendais les bras et avançais en mimant le funambule sur son fil... Tu semblais t'envoler. Tu ne voyais pas pourquoi choisir. Tu ne voyais pas ce qu'il y avait de mal à ne jamais se décider pour ci plutôt que ça. Toi, tu voulais tout et tu voulais rien. Tu suspendais ton pas et tu riais. Tu attendais que je t'attrape pour te tirer vers moi. Le meilleur côté, finalement, disais-tu... celui de l'amour qui vous choisit.

Les enfants ont toujours raison, en fait. Pourquoi choisir, quand on peut tout être, tout vivre ? Ou le rêver, parfois, seulement... La vie vous tend les bras et vous offre. Vous encourage à inventer. À donner pour mieux recevoir... Parfois... Parfois.

Et si on jouait à ?

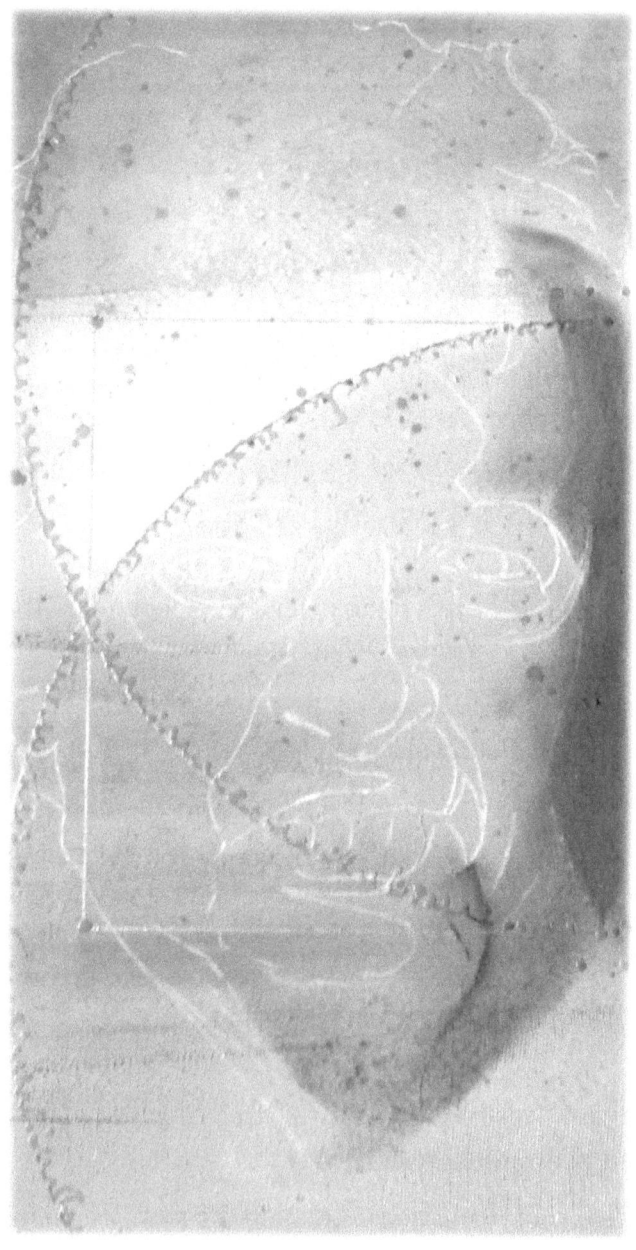

Moi, j'ai souvent joué. Plus que de raison, d'ailleurs. J'ai toujours refusé l'ennui. Jamais compris cette routine de vivre que tout le monde s'inflige. Travailler ? Me laisser enfermer dans un métier ? Mais pour quoi au juste ? Gagner sa vie ? Mais c'est affreux ! Pourquoi voulez-vous la gagner ? Vous considérez donc que c'est un jeu ? Et pourtant, jamais vous ne jouez ! Vous ne gagnez rien, en fait... La vie. VOTRE vie, vous la perdez, braves gens ! Vous la perdez en vous levant tous les jours à la même heure pour aller la « gagner »... mais quelle rigolade ! Parce que vous croyez que la vie vous attend tous les jours, à la même heure ?

Laissez sonner votre réveil et ouvrez grand la fenêtre. Regardez. Non mais, regardez ce ciel ! Ne mérite-t-il pas que vous appreniez à voler ?

Lancez-vous ! Changez tout ! Refusez l'infolie de vivre ! Refusons ! Si au moins, entre fous, nous pouvions nous entendre...

Je serais moins fou et vous seriez plus libres.

Arrêtez de demander à vos enfants ce qu'ils veulent faire plus tard... Laissez-les, bon Dieu ! Montrez-leur autre chose que le bout de leur nez ! Ne les rangez pas dans vos cases empoussiérées qui les feront tousser toute leur vie !

Apprenez-leur à voler comme vous ne l'avez jamais osé. Ouvrez grandes leurs ailes et soufflez ! Faites-les décoller du sol, vibrer sous le vent de la vie et riez ! Vivez avec eux sans craindre qu'ils n'aient pas leur part de ciel ! La seule façon de vraiment gagner sa vie, c'est de la vivre, vous savez... de la vivre !

C'est vrai qu'il a raison... Pourquoi être si sage, si discipliné, si poli ? À quoi ça m'a servi ? Enfin... En même temps, faute de gagner sa vie, il fallait bien gagner un peu d'argent. C'est sans doute **ça**, que l'on confond trop souvent. C'est là, l'ennui : on assimile la vie à l'argent que l'on amasse, plus ou moins durement. Mais la vie... c'est d'abord du temps. Et lui, le temps, faut pas le gaspiller. Il est en ligne directe avec la tombe, alors que l'argent... à tout bien réfléchir, il enrichit surtout ceux qui font trimer les autres.

Pardon, je ne t'ai pas appris à voler, car on ne m'a pas appris. Nous sommes des générations de trimeurs. Croyant vivre, nous rions de temps en temps. Puis nous mourons. Ah ça... On a gagné notre mort, en revanche. Sans avoir profité. Faute d'avoir osé. Nous ne savions pas, je crois. Les possibles, ce n'était pas pour nous...

Quelle connerie.

Toi... Tu étais différente. Ce que je ne t'ai pas appris, tu l'as imaginé dans ta tête. Tu t'es échappée de cette fatalité de trimeurs. Jamais tu ne t'ennuyais. Je ne sais pas de qui tu tenais, ma fille...

De toi seule, sans doute.
Et cela m'impressionnait. M'impressionne toujours.

Tu crées ton monde. Il ne tourne pas dans le même sens que le nôtre, mais tu ne le sacrifierais pour rien, même s'il ne te fait gagner rien d'autre que du temps perdu...

Du temps de solitude.

*Relisons « Le Petit Prince », il n'y a jamais eu plus belle philosophie que celle d'un aviateur tombé. En fait, je crois que l'on est souvent le renard... celui qu'il faut apprivoiser pour apprendre l'Amitié. Non, en fait, je crois que l'on est tour à tour tous les personnages de Saint-Ex... sauf le Petit Prince... Enfin **si**. Une fois. Et c'est pour cette fois-**là**, que l'on voudrait oublier le livre. Mais c'est injuste, vous savez... Le serpent n'y est pour rien. C'est la faute de l'écrivain ! C'est toujours la faute de celui qui écrit. C'est **lui**, qui l'a mis sur la route du Petit Prince ! Mais bon... il lui fallait bien une fin ! L'enfant ne devait pas vieillir, vous le savez bien.*

Pourquoi atterrir lorsque l'on a tant de bonheur à voler ? Vous voyez, tout prend toujours sa place comme il se doit. Seuls ceux qui restent, c'est vrai, ne comprennent pas. S'y refusent. Veulent des coupables. En trouvent. Jettent des livres et parfois, les brûlent.

Mon Dieu...

Dire que nous devrions, plus que jamais, être des Allumeurs de réverbères... Des allumeurs de rêves. Un vol de vie à nous tout seuls ! Un aviateur qui saura se poser partout où il le faudra ! Il n'y a que les livres, oui, pour faire revivre les Petits Princes...

Les livres, et les rêves.

Les livres et les arbres... c'est toujours ce qui t'a passionné, ma fille. Et puis les pierres, aussi. Tu en remplissais tes poches partout où nous allions. Tu disais qu'elles vivaient. Que chacune racontait une part d'histoire. Celle de la Terre... Et puis un jour, c'est toi qui as écrit dessus. Tu dialoguais avec le secret des pierres. Tu as toujours eu besoin de laisser ta trace comme si tu craignais de te perdre et de ne jamais retrouver ton chemin. À moins que ce soit pour dire que **juste là**, ICI, tu es passée. Même sur notre arbre, dans le jardin, tu as écrit. Tu as gravé nos initiales, « MIIE ». Une façon, sans doute, de rassembler à jamais ceux que tu aimais... Et pour cela, quoi de mieux que le cœur d'un arbre ? Cet arbre que tu aimais tant enlacer. Toucher sa bosse. Ce reste de greffe qui l'avait déformé... *Cela porte peut-être chance ?* riais-tu...

Et tu tournais talons. Tu allais faire des nids de boue pour les oiseaux. La légèreté de ton enfance était impressionnante... Fatigante, aussi.

Il n'était pas facile d'entrer dans ton monde. D'en pousser la porte, toujours fermée à triple tour. Difficile, oui, d'en saisir les évidences à venir.

J'aurais aimé te protéger plus. Te protéger mieux de la rencontre douloureuse des adultes... **d'être** adulte. Ou d'essayer. De chuter, souvent. Intérieurement.

On croit à tort que le monde accueille toujours ceux qui arrivent. Mais le monde s'en fout. Une de plus, un de moins. Qu'est-ce que ça peut lui faire, au monde ?

La jungle humaine est pire que tout. Elle vous broie en piétinant vos rêves. Et derrière, il y a toujours quelqu'un qui rit. Quelqu'un qui enfonce son poignard pour le cas où l'on vous y reprendrait. Mais toi, tu tiens bon. Tu gardes tes poings serrés sur tes rêves. D'autres aussi. Et c'est ça qui compte. **Ça**, pour un autre monde qui balayera celui-ci, qui étouffe à force d'étouffer.

Ne lâche rien. Ne lâchez rien...

Laissez-vous guérir. Ouvrez vos plaies comme on ouvre son cœur à quelqu'un que l'on ne connaît pas. Le temps n'a de prise que sur les corps, mais nos battements d'âmes sont éternels.

Remercie. Remerciez chaque jour pour sa clarté, même lorsque les ombres oppressent. La lumière est notre seule source de vie après la vie. Elle seule apaise et transmet l'énergie dont nous avons besoin pour passer le gué. Et nous passons gué-ris. Chaque amour rencontré commence et finit uniquement pour ça.

Et il dure ainsi, tellement plus au-delà !

Avec mon amour, nous ne pouvions nous quitter. La mort n'a pas compris que nous n'avions pas fini, nous, de nous guérir. La mort trouvait sans doute nos blessures trop profondes pour une seule vie. Vous savez, les épreuves malmènent. Brûlent. Nous jettent en des souffrances indicibles... Arrachée, la lumière de celles ou ceux qui partent. Et tant de fois, on croit mourir du dedans. Disparaître dans la disparition...

Tant de fois.

On oublie trop souvent que les pères et les mères ont d'abord été des amants. Des fous d'amour. Des *déplaceurs* de montagnes... Et leurs enfants, des pépites qu'ils ne supporteraient pas de perdre. Et pourtant, cela arrive... Une épreuve de plus. Une de trop, parfois.

Avec un enfant, les pères apprivoisent leur part de père. Ce n'est pas inné, vous savez ! Et souvent, cela ne s'apprend jamais, en fait. Les hommes font comme ils peuvent... Les femmes aussi.

Nos vies, ce sont souvent les choses simples des gens simples. Mais quand la mort rôde, c'est comme si rire, juste rire, pouvait être risqué. On craint de se faire repérer, alors, chut ! On essaye de vivre sans faire de bruit. Vivre sagement. Poliment. Bien élevés...

Les fils, les filles naissent certainement pour nous rappeler à quel point nos chairs meurtries méritent que l'on garde allumées nos âmes d'enfants.

Et les enfants, *chut*, ne leur disons pas,
ont toujours raison.

Pourquoi vous reprocher de ne pas nous avoir plus protégés ? Parce que vous nous aimiez ou parce que l'on est mort ? Ni l'un ni l'autre ne vaut l'indignité que vous vous infligez. Parfois, vous savez, il faut laisser l'autre à son tourment. C'est le seul moyen pour qu'il accomplisse son destin de mourir, même au balcon de sa vie.

Dans ma folie de vivre, je me suis souvent demandé quelle était la part de Dieu. Je l'ai souvent prié, vous savez... Et je crois qu'en priant, j'essayais de m'extraire de moi. Je ne cherchais pas vraiment Dieu, mais j'étais persuadé que la prière avait des vertus pour me sauver de moi. Cela canalisait mes pensées. Le rituel des mots instituait une sorte de transe qui me donnait de la force. De la foi, oui, en quelque chose de plus vaste que ce ridicule petit corps souffrant. Je plaçais les forces de l'esprit au-dessus de tout, car je n'avais plus que ça à espérer. Cette sorte de foi capable de descendre dans le puits de nos peurs pour y déposer une petite lumière...

Une douceur.

Dieu, pour moi, ressemblait peut-être à une caresse maternelle à jamais perdue. Alors je priais comme un fou. Comme un damné. Comme un homme qui savait qu'un jour ou l'autre, il allait mourir... mais qui, avant, voulait vérifier (ou s'assurer) que la mort n'était pas une fin. J'espérais qu'un ultime au-delà de l'espoir existait. Je priais pour ne plus avoir peur.

Pour être prêt.

Pour toi, ma fille, vieillir ne faisait pas partie de ta vie. Cela t'est tombé dessus lorsque je suis partie.

Une famille, tu sais, c'est un peu comme des oiseaux migrateurs... Tant que l'on est derrière, loin dans le « V » qu'ils forment lors de leur voyage, on ne se rend pas compte de la longueur du voyage. Et puis, les premiers oiseaux fatiguent. Ils ralentissent. Ils rétrogradent, voire se laissent tomber. Les suivants doivent prendre le relais. Puis les suivants des suivants... C'est comme ça, que l'on se retrouve seul(e), en tête de file. Seule, à ne plus trop avoir envie du voyage.

À quoi bon ?

Pourquoi aller vers ces terres éloignées si ceux qui t'accompagnaient ne sont plus là pour en profiter avec toi ? J'entends ta tristesse. Je sais ce que tu songes, là, ce soir... Mais ne pense pas à la terre. Pense au voyage. Bien qu'ensemble, nous ne faisons pas tous le même, en fait. Seule la terre du bout est la même pour tout le monde. Ne t'inquiète pas... Nous la verrons ensemble.

Mais en attendant, voyage... Voyage au plus loin.

Fais ton chemin. N'essaie pas de nous suivre.

N'essaie pas de nous rejoindre.

On ne vieillit jamais, dans sa tête, ma fille. Jamais. Et c'est ça, le plus dur. C'est ce qui fait partir, d'ailleurs. C'est toujours par le corps que l'on périt. Alors on atterrit. On se pose. On vous regarde passer. On continue à vous regarder avec tout cet amour qui nous habite, comme pour nous pardonner de ne pas vous avoir appris le chemin... mais nous aussi, nous tentions d'avancer.   Et nous faisions de notre mieux pour être les premiers.

Va, ma fille. Ne t'occupe pas du reste.

Là où tu viendras te poser.

Nous serons.

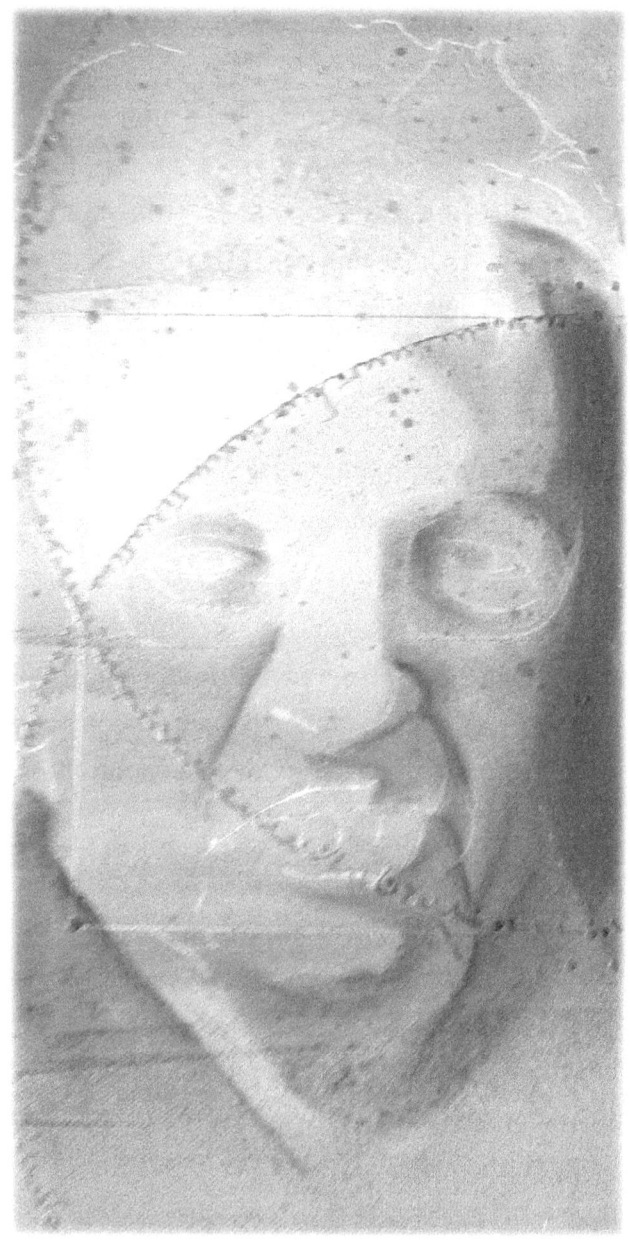

Ce qui est bête, quand on meurt en été, c'est que l'on ne partira pas en vacances... J'aurais bien aimé, moi, retourner à Saint-Malo, tu te souviens ? On remontait nos jambes de pantalons et on bravait les vagues ! On riait. On criait. C'était glacial, mais on y allait quand même ! On savait qu'une vague de trop allait nous tremper, mais on s'en fichait... On était à la mer et on oubliait tout.

J'aimais tellement ça, partir. Chaque journée, ailleurs, était un baume. Une respiration. Une promesse de voir, de découvrir, de goûter, de visiter... On ne partait pas longtemps. Pas souvent. Mais cela nous faisait des souvenirs que l'on rangeait précieusement pour passer l'hiver... Et puis surtout : on se disait que l'on pourrait y retourner. Jusqu'au bout, j'ai eu envie d'y retourner.

Jusqu'au bout, j'ai cru que...

C'est fou ce que l'on peut se sentir ridicule, quand on se souvient.

Et puis, il y a notre famille... Le reste de la famille. Nos autres souffrants, vivants, *inacceptants* et se souvenant peut-être autrement.

Chacun, séparément, forge ses relations les uns avec les autres. Et avec certain(e)s plus que d'autres. Les ressentis, les souvenirs, ne peuvent donc être les mêmes. Mais la souffrance... La souffrance, elle, est d'un autre niveau, même lorsqu'elle ne se voit pas. Même lorsqu'elle fait cracher son venin, ses regrets, ses amertumes ou ses putains de souvenirs que l'on croyait pourtant avoir fui.

Différemment, oui, s'impriment les joies, les douleurs, les rires, les rêves et les oublis...

Face aux morts, on s'étonne parfois. On compare. On échange. On fait la pesée des âmes et on découvre tout ce que l'on ne savait pas ou... ne voulait savoir. Et c'est dur, souvent, de découvrir les choses quand c'est trop tard...

Oui, souvent on sait après et ça le fait bien rigoler, le mort. Ou alors, ça l'afflige et il doit s'appliquer à nous pardonner...

Les *restants* s'aperçoivent qu'ils auraient pu... Qu'ils auraient dû... Que l'on n'a pas su s'intéresser assez à l'autre, à celui ou celle qui est parti. À son rire. À ses peurs...

À toi, qui me tenais la main.

Il y a toujours, dans les familles, des plus proches, un peu plus longtemps, un peu plus souffrant d'avoir été les accompagnants. Et eux... Toi... Vous... Qui sera là, pour vous ramener du côté des vivants ?

*Il y a des îles, mon frère, mon ami, mon fils, mon père... Vous... dont on ne revient que difficilement. Chacun reste sur son rivage... On se fait un signe de la main puis chacun repart. S'oublie. Les **après**, pour chacun, ne sont jamais les mêmes.*

Les vivants non plus.
Les restants...

Ce n'est pas facile, non, dans une même famille, de se parler... On s'aime certes, souvent. Mais on ne se parle pas. Ou si peu. Si maladroitement. Par pudeur, peut-être. Pour ne pas faire vaciller notre image. Ce que l'on évoque à l'autre et qui vient de l'enfance. De ce partage,

même fugace... Car il y a une hiérarchie, dans l'enfance. Celle de l'âge. Celle de l'exemple, du modèle - *à suivre ou pas*. Et à partir de là, c'est comme si plus rien ne devait plus bouger. Comme si on ne devait surtout rien bousculer des images de nous, créées parfois malgré nous. C'est beau et c'est triste comme la carcasse d'un navire échouée sur une plage... Entre nous, je crois que nous restons des moussaillons toute notre vie.

Toute notre mort, aussi.

Comment parler de soi, alors, à cette autre part de soi ? Pères, mères, oncles, Frères, sœurs, demi ou pas, etc. Ce NOUS, fait de plein de petits morceaux de soi, éparpillés, et qui ne savent pas se *rencontrer*. Qui ne le peuvent.

Oh, surtout ne pas toucher ni à l'image ni au reflet. Tenir bon. Ne pas fléchir. Rester à SA place. Rester Frères. Et sœurs. Et soi. Pas facile, non, pour les *restants*...

Et pourtant, tous,
vous êtes nos restes de lumière.

Nous croyons souvent être lâches, oui, mais c'est une erreur. Il faut du courage, vous savez, pour fuir, pour refuser, accepter, rester ou partir...

« Tu as été formidable », cette phrase, je l'ai entendue. Elle m'a aidée à partir. M'a sauvée de tous regrets. Et surtout ceux de te laisser aussi brutalement. Je l'ai entendue comme un baume. C'est la phrase que tu devais dire. Que tu devais me murmurer à l'oreille. Le signal que je pouvais partir... Et tu le savais. Tu l'as vu, même... mais ne voulais le croire.

Tu as tout fait pour moi. Mais tu ne pouvais me sauver. C'était écrit. Et tu l'écris. C'est comme ça que je suis là. Grâce à toi. À ce don cruel des mots que tu as. Cruel, car je sais le silence autour de toi. Tu sembles avoir arrêté le temps. Tu ne devrais pas... Cela ne te va pas.

Ce que tu as fait pour moi, ma fille, fais-le pour toi. Mets la musique à fond ! Tu m'as offert un dernier si bel après-midi, tu sais... Toutes mes chansons préférées et un massage de pieds avec une huile que tu as posée sur la table... et que tu n'oses plus toucher depuis.

Je soupire... Toute cette attention malgré ta peine. Nous partagions ce pressentiment du départ. Sans rien dire. Sans plus rien pouvoir dire. Je n'étais déjà plus moi. À moitié plus moi. À moitié partie... Seul le corps traîne, quand on meurt. Son poids nous retient et vous retient en nous. C'est dur. L'esprit flotte. L'esprit précède le corps, le quitte avant le dernier battement qui rompra les amarres...

Et puis tu t'es endormie.
Merci.

Je pouvais partir discrètement. Sans pleurs. Sans cris. Juste partir. Me détacher de moi. Abandonner ce corps trop vieilli. Et voler... Voler !

Longuement, je t'ai regardée, assoupie. Tu as maigri, ma fille. N'aie pas peur de la suite. Je sais que cette nuit, tu as vu l'étoile, dans l'interstice des volets que tu ne fermes plus. Je sais que tu sais que je suis revenue...

Et tu l'écris.
Tu l'écris doublement...

Un jour, un soir, une nuit, peut-être... Moi, lui, nous quitterons ta tête. Nous poursuivrons notre chemin, plus ou moins loin. Il y a toujours quelque part, un passager clandestin. Une rencontre que l'on n'attendait pas. Ou plus. Une magie à laquelle on peine à croire...

Une beauté dans la perte.

Le vent souffle. Je sais que tu ne sais toujours pas si tu *entends*, ou si tu imagines... Mais cela n'a aucune importance, crois-moi. Lorsque l'on s'absente, la part d'amour qui nous reliait ne se rompt pas. Au contraire, elle vibre. Elle continue de vibrer pour que vous, les restants, les vivants, fassiez de nous un Chant.

L'Absence n'existe pas, non. Car la présence n'est déjà qu'une illusion. Tout est question de limite et de franchissement. La mort n'est qu'une expansion de notre propre mystère. Et l'on ne peut connaître la vérité que d'un seul côté. Son côté. De l'autre, on suppose, on imagine, on ressent ; parfois, même, on se souvient, car on est déjà venu... Et pour beaucoup, aussi, on croit.

C'est étrange, la Foi, si l'on y réfléchit. Car ce sont les hommes qui l'ont créée de toute pièce, sans pour autant rien savoir... Juste des rumeurs venues de leur peur.

Moi, je sais maintenant. Et je vous le dis :
Dieu n'existe pas.

Celui de vos livres est une histoire que vous vous racontez depuis des siècles pour vous rassurer ou vous punir de ne pas respecter une Loi, inventée par la soif de pouvoir de quelques-uns... Que vous êtes naïfs ! La seule Loi véritable est de vivre et d'être et de vibrer face aux belles choses de l'Univers !

Dieu, est cette part lumineuse que chacun d'entre nous a en lui, mais elle ne peut briller pleinement que lorsque nous nous retrouvons, ensemble, ICI. Un peu comme les étoiles... Elles vivent leur vie, chacune, puis elles meurent, se mettant alors à briller comme jamais. Pour nos yeux, pour nous dire que le ciel continue d'exister, même la nuit. Tu vois, il suffit de vivre en ayant cette conscience que la lumière est en nous. Que nous la partageons. C'est notre lien. Notre gage de retrouvailles.

Et les voiles se soulèvent parfois. Avec le vent. Regarde le rideau de ta fenêtre. Il coupe ton monde en deux. Il y a le dedans et le dehors. Selon où tu es, *l'autre côté* reste parallèle au tien, non ?

Et si le rideau flotte, ce qui se passe de *l'autre côté* devient plus ou moins visible. Plus ou moins présent, selon ton attention. Un seul coup de vent suffit pour qu'une abeille se glisse entre les plis et traverse. Découvre un autre monde. Le tien. Pour elle, le voile n'a aucune existence. Ce qui la porte, ce sont les ondes du vent. Et elle se laisse porter, aller ; guider peut-être, par son instinct... Dehors, dedans, ne veulent rien dire pour elle. Elle est partout. Le vent est son allié. Son *Dieu*, peut-être. Tout peut toujours nous les soulever, les voiles. Le vent comme notre prise de conscience que tout ne s'arrête pas à ce que nous pouvons voir ou toucher.

Ne passez pas votre temps à vous demander quelle sera la suite ni même s'il y a un *Après*. Tout est là. Tout est déjà là. Vos absents restent, je vous l'assure. Le vent les a juste menés de *l'autre côté* du rideau de vos yeux.

Et vos rêves vous les rendront visibles. Votre cœur, vous les rendra vibrant. Votre âme... vous les rendra. Car nous ne sommes pas perdus. Nous sommes en vous. Nous avons rejoint cette part lumineuse qui attend l'instant de briller dans le même ciel.

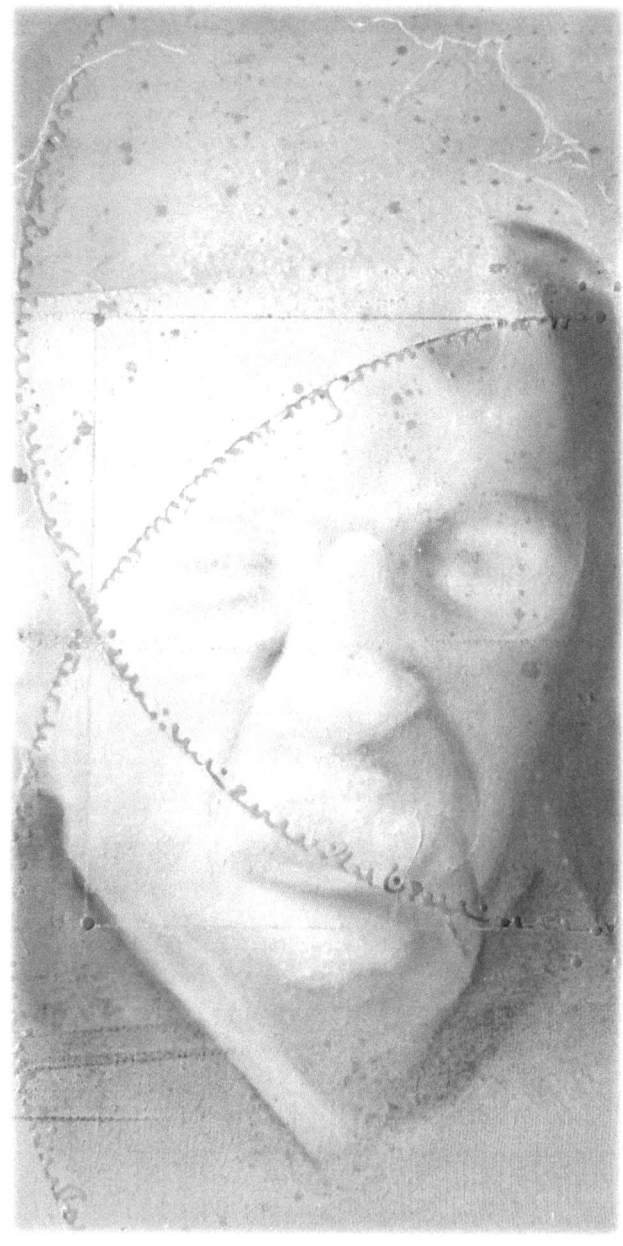

Dans la profondeur de tes pensées, il y a un cri. Je le sais. Un appel qui tambourine contre la porte du ciel. Contre la terre. Contre toi-même, qui maudis le grand oiseau, alors qu'il est le seul, là-bas, à pouvoir t'entendre. On maudit toujours ceux qui viennent pour nous sauver. Pour nous élever au-dessus des tourments.

Nous (r)éveiller.

Je ne pensais pas que cela finirait comme ça, c'est vrai. Je te l'ai dit, et tu m'as répondu que ce n'était pas grave. Que l'on allait y arriver. *« Oui... mais tu es seule à supporter tout ça. »* Et tu as fait silence. Un long silence où je t'ai maudit et pendant lequel je me suis maudit aussi... C'était pour de faux, mais le bûcher de ma vie flambait déjà et je voulais t'en éloigner. Jamais il ne faudrait respirer la dernière fumée des êtres aimés. Jamais. L'oiseau te montre le chemin. Relève la tête et va.

Est-ce que cela vaut la peine que tu termines ce livre ? Faudra-t-il clore l'indicible dialogue qui peuple tes pensées ?

Mais ce livre, ma fille, comme aucun autre, ne se termine jamais ! Les mots passeront de tête en tête et n'en finiront jamais de donner à penser. C'est la force des livres, d'ailleurs, que de créer d'autres pensées ! Les mots écrits sont sans fin car ils sont sans temps. Même le vent peut jouer avec leurs pages qu'il fait tourner, tourner à presque s'envoler ! Alors rions ! Nous n'avons pas de temps à perdre puisque rien ne s'arrête... Mon oiseau sera toujours là... Lui... et tous les autres.

Et le mien aussi, mon frère... mon père, ma mère ou toi, qui se reconnaît dans ma voix. Partout, en tout, il y a des signes qui ne sont là que pour vous. Ils vous parviennent à force de nous. À force de vos pensées, de vos souvenirs ; de vos rêves, malgré vous qui croyez nous avoir oubliés.

Ouvrez la fenêtre, sentez le vent. Regardez les oiseaux, les abeilles, les feuilles qui s'agitent comme si elles vous faisaient signe... C'est moi. C'est nous. Ce sont les ondes qui nous relient. Et ce n'est pas de la poésie. Je n'aime pas la poésie... J'aime ce que je suis, désormais, à travers toi.

La vieillesse, vous savez, on s'en lasse vite. Et moi, je ne voulais pas vieillir. C'est trop triste, car il y a toujours un moment où ceux qui sont de *l'autre côté* sont plus nombreux, trop manquants, que ceux qui n'ont pas vraiment le temps de rester près de vous.

Être vieux, vieille, c'est s'apercevoir que l'on est en retard, en fait. Mais on ne peut plus courir. C'est malin, ça. C'est frustrant, surtout. Car dans la tête, tout est là ! Pas toujours dans l'ordre, mais tellement présent, pesant, étouffant de souvenirs. Mieux vaut partir. Du reste, j'avais assez pesé sur toi. On pèse toujours trop quand on ne peut plus être soi. C'est trop dur, vous comprenez.

La vieillesse ne devrait pas exister. Sentir son corps qui rapetisse chaque jour un peu plus, je vous assure, y'a pas de quoi faire la maline, ni le malin. L'âge, c'est fou ce que cela permet la parité, finalement ! On a tous le même salaire, là ! Vous me trouvez choquante ? Que voulez-vous que je vous dise... Il y a rarement de belles vieillesses. Seulement des lots de consolation, distribués aux plus « chanceux » qui ne le méritent pas toujours. Mais ça... c'est tout le mystère de l'univers.

Vous comprendrez ce que je veux dire lorsque votre fauteuil commencera à se rapprocher de plus en plus de votre lit... Vieillir, c'est devenir immobile. On pourrait presque entrer dans un musée tellement la vieillesse mime parfaitement les statues. Rodin, à côté, c'est de la *petite bière*... Je souris. Vous aussi. Il le faut. C'est peut-être la seule chose qui reste de nous, *après*... Notre sourire. Et pourtant, les vieux n'ont plus qu'à regarder la vie des autres passer sous leur nez. On les plante dans leur fauteuil. Parfois, on les hisse à la fenêtre. Et on leur dit : « *Regarde, comme il fait beau. Ça fait du bien, hein ?* » *Pfff*, tu parles. Ça fout le moral en l'air, oui ! Ne plus pouvoir marcher, conduire, aller boire un coup. Partir en voyage et respirer ce putain de soleil à pleins poumons ! Ne rien devoir à personne. Ne rien avoir à demander et partir... Voler, au lieu d'être devenu cette image arrêtée. Photographiée dans son cadre. Une tombe de papier glacé que vous accrocherez au mur, *après*. Tout sourire... Alors partir, oui. On sait comment. On hésite un peu, certes. C'est l'ultime peur, mais c'est seulement triste pour vous, les restants... On se ment tellement, de son vivant.

PARTIR... c'est la seule liberté qu'il nous reste, quand on a trop vieilli. Alors on y va... et là, on court !

Mais parfois, on n'a pas le temps de vieillir... Et ce n'est pas plus mal, en fait. Vous nous imaginez, nous, les accidentés, les malades, les suicidés, les fous... si nous avions vieilli ? Non mais vous rigolez !

Tu m'imagines, moi, traînant mon mal-être toute une vie ? Moi, courbant sous la douleur avant même d'avoir vieilli ? Ou moi, jamais guéri de mes folies ?

Non merci. Je vous assure que l'on est bien mieux à être parti plus tôt. Certes, on ne l'a pas toujours décidé, mais les choses sont toujours bien faites. N'en doutez plus. Regardez ce que vous êtes devenu(e)s, après nous. Votre chemin vient du nôtre arrêté ! Et comme on vous admire. C'est courageux, pour vous, l'après nous...

La violence de la fin. De la perte, même lorsqu'elle est « attendue », on ne s'en rend pas compte tout de suite. Trop occupés à « voler », nous ne voyons pas à quel point vous vous écroulez. C'est pour cela, je crois, que l'on revient. Que l'on revient toujours. On fait de notre mieux pour que votre chemin s'accomplisse au-delà de nous. Et c'est si émouvant, tu sais, d'être l'insecte qui se pose sur ta joue.

Maintenant que je suis ici, tout s'éclaire. Je devais vivre tout ce temps, et tu devais le vivre aussi. C'était notre enseignement commun. Cela l'est toujours, puisque nos pensées continuent de se rencontrer.

C'est difficile à comprendre lorsque l'on est du même côté, de ton côté... car tout est trop souvent vécu comme une épreuve, une bataille à gagner. Contre quoi ? Contre soi-même, trop, beaucoup trop souvent. Là-bas, il faut toujours avoir raison. On se demande bien pourquoi, en fait ? Moi, j'avais souvent tort. Avec ma mère, avec ton père et même avec toi. Je devais accepter. C'est cela, sans doute, que je devais apprendre. Accepter. Sentir les échos de l'acceptation en moi, au lieu de les refouler. Au lieu de les meurtrir au fond de moi. Au lieu de les rejeter, parfois, si possible à la figure de quelqu'un d'autre... de toi, aussi.

Chaque jour me mettait en face de cette part de moi, fragile et forte à la fois. Et encore et encore, chaque jour, pour chaque chose, parler fort. Plus fort que l'autre pour avoir raison. Plus, PLUS... mais pourquoi ?

Être tellement plus que l'autre ? Ou le croire ? Ou le faire croire ? Pour gagner quoi ? Cette compétition incessante est en fait bien ridicule, vous savez... Mais on en est tous là, tant que l'on n'a pas pris conscience de toute cette énergie perdue à se battre contre l'autre autant que contre *soi-m'aime*. Tel est l'enseignement pour beaucoup. Et pour d'autres, bien sûr, c'est autre chose. Nous avançons chacun sur notre *chemin d'éveil* au fil de tout ce qui nous manque pour nous alléger... C'est paradoxal, n'est-ce pas ? C'est toute l'énigme de ce qui nous fait **être** une fois que l'on a traversé le guet. Une pierre après l'autre. Et puis un jour, il n'y a plus de pierres... il faut sauter pour atteindre l'autre rivage.

Et seulement ICI, oui, tout s'éclaire. Et ça, je peux vous le dire. Je pourrais presque vous le promettre. Mais je ne le ferai pas. De quel côté que l'on soit, les promesses sont des boulets qui pèsent sur nos âmes. Surtout, ne promettez jamais rien. Même ici, on ne peut jamais savoir ce que le destin prévoit de vous faire vivre. Et si vous ne pouvez honorer votre promesse, celle-ci vous suit, vous ronge la cheville, ajoute une ombre à votre ombre... Difficile de s'en détacher. Un autre défi, sans doute, car chacune de nos moindres parcelles d'ombre est trop tentante, pour la lumière...

Nous sommes unis tellement plus, tous, que nous le croyons. Une pensée. Une seule suffit, pour nous relier. Ici, vous savez, on est libéré de tout ce qui, de votre côté, nous rendait sourds. Nos pensées sont ouvertes, libres, offertes aux vôtres. Alors, nous nous glissons dans votre tête... Vous appelez ça un souvenir, une réminiscence, une tristesse, peut-être. Mais c'est juste l'onde de notre amour qui vient rejoindre l'onde de l'absence que vous ressentez. Tu n'es pas folle, non...

Je ne suis plus fou, non. Ici, je suis enfin libre d'être et de vibrer comme bon me semble et avec qui je veux... En qui je veux. Et toi, mon frère, mon père ou qui vous voulez bien être pour moi... j'ai tellement besoin de te rappeler que rien de moi n'a été vain. J'ai suivi mon chemin et il a croisé le tien. Souvent, je n'allais pas bien et c'est sûrement pour ça, que l'on s'est croisé. C'est avec toi, que je devais vivre le meilleur avant de repartir. Et tous ces jours, bon sang, quelle réussite ! Bon. D'accord. On s'est souvent accroché... mais c'était pour aller plus loin, juste avant d'aller trop loin.

Non, rien n'est jamais à regretter.

On se fait souvent souffrir pour rien, de ton côté. Et tout aussi souvent, on en est désolé. Mais on ne dit rien. On ne se résigne pas à demander pardon. On reste dans son *bon droit.* Autant dire, sa connerie. Et l'autre ne fait pas mieux ! Pardonner pourrait pourtant tout changer pour l'un comme pour l'autre... Mais non. On ne va tout de même pas se mettre à pleurnicher comme des *grenouilles de bénitiers,* surprises en plein péché de gourmandise ! Tiens, en parlant de... qu'est-ce que je donnerais pour quelques pâtes de fruits ! Ici, bien sûr, le corps n'existe plus, mais le goût... cette onde du souvenir acidulé de ce qui se dégustait avec délectation. Fondant. Jutant dans la bouche. À la fraise, surtout !

Vous pouvez rire... Je le raconte pour ça. Rions. C'est ma façon de pardonner pour tout ce dont j'ai eu envie. Tout ce dont on m'a privée, volontairement ou non. La meilleure raison pour qu'aujourd'hui, en cet instant, je vous invite à réfléchir à ce que vous faites, ce que vous dites à l'autre, sans le faire exprès, parfois... mais qui va blesser, marquer insidieusement et faire de vous, la cause d'un silence de plus, au fond d'un corps... ou deux.

C'est vrai. On ne se rend pas toujours compte, de ce que l'on dit. De ce que l'on se lance à la figure. Ensuite, on se raconte (ou pas) qu'on ne voulait pas, qu'on ne l'a pas fait exprès. Mais on sait très bien que c'est faux. On blesse et voilà tout. On fait mal. On mord et on enfonce bien ses dents dans la plaie de l'autre. On ne se rend pas compte, non, du sang qui nous restera, aussi, sur les dents. Combien de fois, moi, j'ai fait ça ?

Faut dire que j'avais pas mal de raisons. Mais bon. Aujourd'hui, que je suis mort, je sais que j'aurais pu faire d'une autre façon. On le sait tous, d'ailleurs. Même de votre côté. Mais c'est plus fort que nous : il faut qu'on morde. Qu'on gueule. Qu'on frappe. Qu'on vole. Qu'on tue... Pas une seule fois, on se dit que notre vie dépend aussi de la façon dont on traite les autres. Une fois ici, l'ombre sombre et cruelle mettra beaucoup plus longtemps à devenir lumière... Mais bon. Ça, sur le coup, on s'en fout. Mais c'est bien dommage. On gagnerait tous du temps à améliorer cette putain d'humanité... Je soupire. C'est moi qui dis ça... Eh oui. Comme quoi, tout est toujours possible.

Même le meilleur.

Cependant, je vous rassure. Bourreau comme victime, mourrons sans douleur. Ce qui est injuste pour les bourreaux, vous en conviendrez... Néanmoins, ne vous fiez pas aux apparences. Nous sommes tous plus ou moins bourreau à un moment (ou plusieurs) de notre vie. Rien n'est jamais tout blanc ou tout noir - l'une des rares *philosophies* des hommes valable des deux côtés ! - Il faut dire qu'à l'instant de partir, nous avons tous nos bagages.

Seules les âmes sauront faire le tri et alléger, alléger, nous alléger autant que possible afin que les lourdeurs, léguées par notre corps, n'entravent pas notre envol...

Cela se fait d'un coup. Le temps du passage n'a pas plus de durée que *l'Après*. Tout change de mesure en un seul et unique pas de plus. C'est comme un grand saut dans le vide... excepté que c'est à la verticale. Un appel vers un vide lumineux. Une montée. Une aspiration de particules paisibles et apaisantes. Un bien-être immédiat. Sauf que l'on n' EST plus. On est autre. Autrement.

Vibrant. Restant près de toi... Endormie. Je te revois. Je te revois très bien, car on reste, après, longuement. Comme pour s'assurer que la paix va advenir des deux côtés. Même si l'on sait bien que...

Nous resterons ensemble. Quand on s'est croisé une fois, c'est pour toutes les vies. Ah oui, je vous le confirme, nous allons et venons avec plusieurs corps (mais je ne vous dirai pas si l'on peut choisir !). Notre *élévation* dépend de nos apprentissages. Et nous, nous avons choisi d'apprendre ensemble. Comment ? Pourquoi ? Ça... je ne le dirai pas. Sinon vous en sauriez autant que moi ! Attendez un peu de mourir, pour savoir !

Je plaisante... J'aime vos sourires. J'aime te voir rire. Reprendre vie. Regarder le merle du jardin venir gratter le potager que tu as eu tant de peine à nettoyer. Et pourtant, tu ne le chasses pas. Je suis fière de toi. Tu as cette conscience du vivant que beaucoup d'entre vous n'ont pas. Tu l'as toujours eu, d'ailleurs. Tout juste si tu ne te maudissais pas d'avoir écrasé une fourmi en marchant ! Tu te souviens ? Non... tu ne te souviens pas. Il n'y a qu'ICI, que l'on peut se souvenir de tout.

Chaque parcelle de notre vie, de chacune de nos vies ajoute une page au grand livre de la vie de tous... C'est notre lien sacré. L'onde suprême et magnifique.

Si nous nous retrouvons, j'ai hâte alors... Tu es sûre, dis ? Que je suis bête. Bien sûr qu'elle est sûre, sinon je ne l'écrirais pas ! J'ai hâte, oui. Mais si le temps, comme tu le dis, n'a pas la même mesure, cela risque de prendre du temps. À moins que ?

Que sait-on, du temps qu'il nous reste...
Je soupire.

Que fais-tu de tes journées, où es-tu lorsque tu n'es pas près de moi, que devenons-nous, ensemble, mais séparées ?

Un voile de nostalgie me traverse... Chaque jour me rappelle un moment de nous. Un mot. Un projet. Une envie de balade ou de manger. Moi seule n'y ai plus aucun goût. Chaque seconde du présent s'écoule comme dans un sablier invisible mais pesant. Chaque roulement de pendule ressemble à un caillou, jeté au fond du puits... J'écoute. J'écoute. Mais aucun son ne vibre à mon oreille.

Sans toi, même le temps s'absente et me laisse là.
À écouter le vide...

Le vide de moi.

Arrête. Tu n'es jamais seule. Jamais ! C'est difficile à entendre au milieu de la peine, je le sais. Mais que puis-je faire de plus pour t'en persuader ? Rien... C'est à toi d'en prendre conscience et surtout, d'en avoir l'inébranlable conviction qui nourrira ton cœur. Écoute ses battements plutôt que ceux de ta pendule. En lui seul, tu trouveras l'unicité qui te manque.

Morts, nous ne devenons pas ces anges, avec des ailes, que nous imaginons béatement. Nous ne sommes pas là-haut. Nous sommes dans un autre ICI. Une dimension parallèle. Une vibration juste au-dessus de la vôtre, et c'est ce qui nous rend invisible pour vos yeux... Le *Petit Prince* avait raison : l'Essentiel est là. Juste **là**.

L'invisible n'est que le non-visible d'un moment de votre vie. Certain(e)s d'entre vous, parfois, ont des yeux qui traversent le voile et nous voient. C'est rare, mais cela existe. Ils ne sont pas fous. Ils voient au-delà comme tu entends au-delà de tes pensées. Même si tu es persuadée ne rien entendre... Juste d'écrire. Alors écris...

Le reste, je m'en occupe.

Regardez. Écoutez. Ressentez... Tout est là. Tout est nous. Vos absents vous envoient des signes qui ne sont pas, non, vos fameux hasards. Ce sont nos voix qui se font oiseaux, nos cœurs qui se font nuages, nos rêves qui se glissent dans les vôtres...

Ayez un peu plus confiance en nous. En vous. En ce que vous reconnaissez, malgré vous. Sans chercher. Sans forcer. Sans imaginer que vous devenez fou, même s'il faut bien l'être pour refuser de vivre sans rien *voir*.

L'ombre n'aime pas la lumière qui lui arrive dessus sans prévenir. Alors, on ferme les yeux. Non ! Non ! Gardez-les ouverts, au contraire ! C'est à l'ombre, de changer. De bouger. De s'éclairer, à son tour ! Les signes que nous vous envoyons ne sont que pour chacun(e) d'entre vous. Nul autre que vous ne les reconnaîtra. Laissez tomber les hasards ! Ils ont été inventés pour que vous nous oubliiez.

Le grand oiseau, ma fille... Tu te souviens ? Tu l'as revu, n'est-ce pas ? Il sera toujours là, car je serai toujours là. C'est ça, notre signe de reconnaissance. Notre envol partagé.

Pour les autres... ce sera juste un oiseau.

Nous, c'est un chien, que nous avons dans notre histoire... Tu te souviens ? Un chien, et bien des bêtises. Chuuut. Un pauvre petit Milou qui ne vécut pas longtemps, mais auquel nous avons prodigué tous les meilleurs soins que nous pouvions. Tu as beaucoup pleuré, mon frère, mon ami... Depuis, tu n'as plus eu de chiens, je le sais. Mais chaque fois que tu en vois un, il se passe quelque chose en toi. Un reste d'aboiement. Un reliquat de caresses au bout de tes doigts.

Crois-tu que ce soit le hasard, tous ces chiens que tu croises et qui lui ressemblent ? Je rigole. Ce n'est pas toujours moi. Mais il n'empêche... Ton esprit est alors, toujours, à quelques jappements du mien. Et ça, tu vois, c'est le miracle de notre lien.

Vous voyez, il suffit de laisser aller ses pensées et là, juste là... nous sommes ensemble. Nous nous retrouvons sans que vous vous en doutiez. Sauf si vous avez fait cette part du chemin qui vous aura éveillés. Parfois c'est inné. Parfois, cela prend du temps. Mais peu importe. Nous sommes toujours à une pensée de vous...

Un aboiement, peut-être.

Ici, tout est pareil et tout est différent. Notre corps de lumière n'a plus de poids, de douleurs, de limites. Il peut être avec toi et ailleurs en même temps. Il peut s'emplir d'amour à volonté et le répandre à tout instant, auprès de qui en aura besoin. Cela se fait paisiblement. Incroyablement. *Émerveilleusement.*

Je suis là ou là. Avec toi. Avec ta sœur. Avec ma mère ou avec ton père, ICI. Avec lui, nous pouvons même voir nos descendants, ceux que nous n'avons pas connus et qui grandissent. Certains garderont l'image de nous, tandis que d'autres nous imagineront, nous verront d'une autre manière et sans savoir, encore, que ce sont des signes de nous. Connus ou pas, nous faisons partie de leur voyage. Nous sommes cette parcelle de lumière qui les anime, aussi. Ils auront même, parfois, quelques traits, quelques gestes, quelques pensées qui garderont en eux une trace de nous... Eux aussi ont leur chemin à accomplir et nous serons là, bien sûr, pour les guider. S'ils le veulent bien... La rébellion de se fermer fait aussi partie du chemin, vous savez ! Et jamais nous ne forçons rien.

Ici, oui, tout est bien. Si bien... Mais ne soyez pas tenté de nous rejoindre trop vite. Le temps doit être vécu. Aussi difficile soit-il, vous vous devez de l'accomplir. Vous nous devez de parvenir là où la jonction avec *l'Après* est prévue. De toute façon, tout est prévu, oui. Ce que vous devrez vivre, le sera en un temps qui a déjà été écrit par quelqu'un d'autre, avant... *Chuuut.* C'est notre « contrat », en quelque sorte.

Vous voudriez bien en savoir plus, non ? *Tsss Tsss.* Ne comptez pas sur moi ! Et puis vous savez, on ne sait pas TOUT tout de suite, même ICI ! Et moi, je suis fraîchement arrivée. Déjà incroyable que je puisse vous parler autant que ça ! Bon, cela dit, vous pouvez toujours croire - tout comme elle, même si son doute va et vient - que celle qui écrit, ne fait qu'imaginer des mots ! Évidemment, ça, ce serait la version facile. Mais après tout...

Bref, nous vous attendons. Nous serons **là** même au moment du *passage*. Vous nous reconnaîtrez et vous sourirez. Vous tendrez vos bras comme je les ai tendus, cet été. Un proche, peut-être, se précipitera vers vous mais la *petite fumée* aura commencé la transmutation...

Moi, je ne sais pas s'il y a eu la « petite fumée ». Je suis mort seul. Personne ne m'a rien dit. Sans doute cela n'avait-il pas d'importance pour moi. Ou pour ceux qui restaient. Devenir invisible, franchement, c'est de toute beauté. Je vous conseille le voyage. Par contre, il n'y a qu'un Aller simple. Du moins, ne sait-on pas combien de temps va durer le séjour de ce côté-ci, autant que de votre côté, d'ailleurs !

Arrêtez, ils vont finir par croire que l'au-delà ressemble au *Club Med*, les *Gentils Organisateurs* en moins... Quoique ! Non. ICI non plus, ce n'est pas de tout repos. Il faut repasser toute sa vie. Trier. Réfléchir. Comprendre ce qui s'est passé ou pas. Pourquoi. Et puis accepter d'avoir failli, souvent.

C'est ce qui nous permet de mieux vous accompagner, cependant. Les erreurs des uns nourrissent le chemin des autres. Tout est dans tout. Et le pire, on doit essayer de le transcender. Mais ce n'est pas facile, sur le chemin de certains. Les ombres ont la vie dure. Nous faisons ce que nous pouvons. Ne nous blâmez pas dès qu'une catastrophe vous arrive. Voyez d'abord pourquoi elle arrive. Même si souvent, cela nous dépasse.

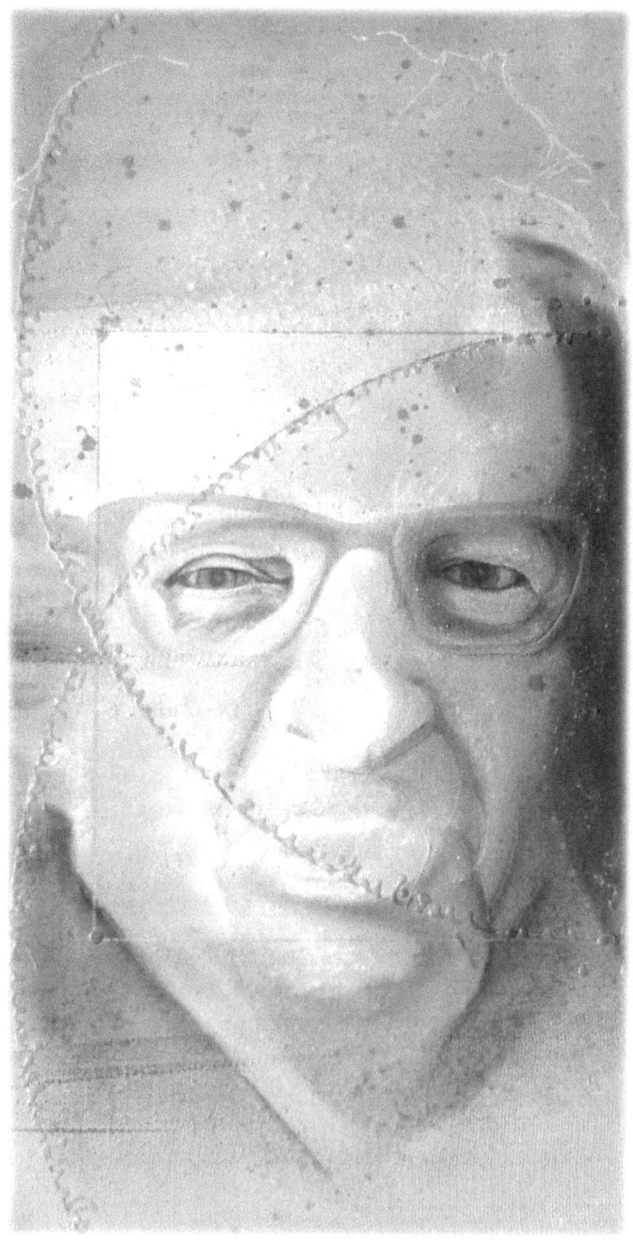

J'entends tout. Je comprends. Mais... que faire, de ce manque abyssal ? Vos paroles de lumière peuvent-elles combler ce trou béant que vous avez laissé en chaque cœur qui vous aimait ? Un trou comme une balle, tirée un matin ou un soir. Un beau matin... Peut-être même qu'il faisait soleil. Ou bien une belle nuit d'été, comme celle où nous nous mettions à la fenêtre, pour regarder les étoiles...

Et puis après, dedans, ce sifflement, sous le vent des émotions qui remontent sans que l'on n'y prenne garde. C'est dur. C'est si dur, ce courant d'air qui passe en soi. Traverse et rappelle le vide. Le trou. La douleur restante.

Alors, admettons que vous soyez *juste* partis en voyage. Acceptons un instant de nous mentir...

Mais non... NON ! Ça ne marche pas ! J'ai beau essayer. Faire semblant. Il y a toujours un moment où la voix manque. Où la simple présence n'est plus là pour accompagner le quotidien. Et puis de toute façon, tu ne partais jamais sans moi !

Pleurs.

Écroulement.

Comment faire, alors, quand chaque regard dans une pièce ne vous rappelle que ce putain de vide ? Moi, je regarde ton fauteuil et n'allume plus la télévision. Tu ne t'endormiras plus dedans. Devant.

À quoi bon essayer de se leurrer ?

TU ES MORTE ! Et je me mets juste à espérer que mon tour ne soit pas trop loin pour te rejoindre.

Que tu sois là, sans être là... N'est-ce pas pire ?

Comment peux-tu dire une telle chose, ma fille ?

JE NE SUIS PAS MORTE ! Non... Je suis juste passée de *l'autre côté* et j'y suis tellement bien, si tu savais. Tu entends bien, que je ne suis pas morte ! Sinon, pourquoi écrirais-tu ? Cesse de ne pas vouloir croire à ces mots que je te souffle... que tu souffles sur ton carnet, en m'accueillant en toi. Tes pensées sont notre lieu de rendez-vous. Ton cœur ne bat-il pas plus fort, lorsque tu écris ? Et tu crois que c'est le hasard ? L'inspiration, peut-être ? Mais *l'inspiration,* elle vient d'où, à ton avis ?

Toutes ces idées, ces mots, ces dons que vous avez ne sont pas nés comme par magie ! Ils sont le fruit d'une *rencontre* impalpable, non-visible, au coin de vos pensées qui sont un peu les nôtres... Et seule la confiance que vous leur accorderez fera de vous des réceptacles, des transmetteurs, des créatifs aptes à partager leurs *visions* des choses.

Nous ne mourons pas, non... Nous devenons juste inaccessibles pour vos bras. Alors, nous revenons autrement en vous.

Bien sûr, vous souffrez de cette absence *matérielle,* et comme nous le comprenons... L'idée peut même vous traverser de venir nous rejoindre, oui. Surtout maintenant que vous savez tout cela. Mais vous avez un chemin à accomplir. Et celui-ci vous mènera jusqu'à nous, seulement le moment venu. N'allez pas croire que c'est vous qui décidez. Ne va pas croire, ma fille, que tu peux tout plaquer pour débarquer ICI ! Ahhh, je te vois sourire... Tu vois, nous pouvons nous rejoindre d'une autre façon et ça, tu ne dois jamais en douter.

Tu es là. Je suis LÀ. Et ensemble, nous cheminons pour que tout ait le sens que TOUT doit avoir.

Tu es là. Je suis LÀ, moi aussi... mon frère, mon ami, mon père ou qui que je sois pour vous. Je suis là et c'est si beau de pouvoir vous accompagner, même si vous ne le savez pas. Certain(e)s sont plus ou moins sensibles à notre présence, mais ce n'est pas grave. Les plus « ouverts » font le boulot pour tous les autres. Le bénéfice de notre lumière est partagé, soyez-en sûrs. Et tout est prévu... **Tout***. Nous ne le répéterons jamais assez.*

J'entends. Je comprends. Mais...

MAIS que faire de ce manque abyssal !

Je soupire. Acceptons, une fois de plus, de nous mentir, oui. Faisons semblant. Essayons de jouer à *« On va dire que... »***. Silence. Yeux fermés. Serrés. Serrés plus fort comme des poings. Je soupire à nouveau... Mais non. Non ! Cela ne marche pas ! Cela ne marche pas. Cela ne marche pas... Yeux ouverts. Boule dans la gorge. Absence cruelle qui vous assaille. Il y a toujours un moment où la voix de l'autre ne répond plus, n'appelle plus. Ne rit ou ne crie ou ne... Oh...** *Soupir incessé***. Manque. Brutalité du manque. Du vide. Du silence à jamais inhabité.**

Comment faire, alors, avec cet *Après* ? Seul compagnon, désormais, de notre quotidien...

Comment faire, quand chaque regard dans une pièce ne vous rappelle que le vide ? Se heurte au vide. Se brûle au vide. Se rue sur lui comme pour le faire exploser et croire, encore, que rien n'a existé ! « *Ah ah ah, tu m'as bien eu ! Allez, relève-toi ! Allez... ce n'est plus drôle, allez, allez !* » Et secouer son vide. Le secouer jusqu'à ce qu'il vous secoue lui-même et vous fasse tomber au sol. Épuisé. Ahuri. Perdu au milieu de rien... de *l'Après*. Funeste et injuste, et rugissant au dedans.

J'entends vos paroles... Mais moi, là, je regarde ton fauteuil... Moi, ici, je cherche mes mots. Je les cherche dans ce silence laissé. Je les cherche dans l'extase de vous entendre, peut-être, dans ma tête. Les cherche dans cet apaisement, soudain, dont je ne savais avoir besoin. Dans ce jaillissement d'amour, qui vous enveloppe autant que la lumière dans laquelle vous baignez désormais...

Une lumière d'avant la lumière.
Un être à part entière.

Originel. Palpitant. *Vivant.*

Nous entendons. Nous comprenons. Mais... Le « passage » nous a libéré(e)s de tout. Même de vous.

Non de notre amour pour vous. Mais de ces liens qui nous retenaient pour de mauvaises raisons... celles d'un quotidien dont nous ne servions les uns les autres pour combler nos propres craintes. Nos propres angoisses. Nos inavouables refus d'accepter nos failles...

Mon fauteuil n'est qu'un fauteuil. La télévision, un miroir de nos limites. La vie ne s'arrête pas aux objets, aux souvenirs, ni aux peines trop immenses. La vie, *Après*, pour vous, est un chemin qui s'ouvre plus fort de NOUS. De ce que nous avons été ensemble. De ce que notre rencontre a enrichi pour l'un et pour l'autre.

Et croyez-y ou pas, mais nous ne sommes jamais loin. Nous ne sommes qu'à un signe de vous... Tout passe. Tout se passe lors de cette onde qui vient s'immiscer entre vos battements, vos pensées, les marées de votre mémoire. Nos *messages* sont comme des oiseaux qui se posent et repartent. Parfois vous les voyez. Parfois...

Je sais, oui.

Vu d'ici, nos soucis, nos angoisses *d'Avant* semblent bien futiles, vous savez. Si seulement nous savions, justement, à quel point la vie est pourtant simple à apprécier. La vie de l'instant. Celle pour laquelle nous ne devrions pas craindre les lendemains, puisque ceux-ci n'existent pas encore.

En fait, nous passons notre vie à anticiper le pire. Au cas où. Si jamais demain... Mais pendant ce temps-là, vous ne voyez rien du moment que vous vivez ! Celui que vous tenez entre vos mains. C'est important que je vous le dise. Je suis passée par là ! Toujours à craindre CE qui pourrait nous arriver demain. Pourquoi ? Que se passe-t-il dans nos têtes pour que nous soyons toujours aussi persuadés que le pire est à craindre ? Et pourquoi pas le meilleur ? Quelle bêtise...

Nous créons nous-mêmes nos lendemains *inexistants* avec notre seule angoisse du moment, gâché.

Nous oublions à quel point nous avons pu faire de beaux rêves. Nous nous levons le matin avec le poids des jours à venir, alors même que nous ne savons rien d'eux. Rien de nous, demain. Et bien souvent, ensuite, nous restons courbés. Nez au sol. À compter nos pas au lieu de se planter, immobile, face au vent, pour respirer le souffle immédiat de ce jour de plus. C'est un sacré défi, vous savez, que de penser Aujourd'hui plutôt que Demain. Vous avez essayé ? Vous devriez.

Mettre toute son attention, toute sa gratitude, dans l'instant qui EST, pour nous, là, maintenant... C'est un sacré cadeau. Cela allège les pensées, je vous assure.

Et si quelque chose vous préoccupe, vous fait souffrir, vous fait peur... vous avez alors toute votre présence à lui offrir. Une présence apaisée, car non éparpillée vers ce qui n'existe pas. L'apaisement, alors, oui, est une libération qui peut apporter plus de paix sur votre chemin, aussi caillouteux soit-il.

Demain, on s'en occupera demain.

En toute chose, l'après vient toujours au moment de l'Après. Pas avant... Mettez du bon sens dans vos pensées.

Facile à dire !

Nous avons toujours mille pensées, c'est vrai, pour demain... Cependant, elles doivent peupler nos têtes pour rêver. Pour vous faire rêver. Pas pour vous angoisser. Nous savons bien que des factures sont à payer, mais vos angoisses ne les paieront pas pour autant ! Alors... protégez vos rêves. Ça, vous pouvez le faire facilement. Et puis... allez savoir de quoi vos rêves peuvent être capables, lorsque vous vous réveillerez ?

Moi, cependant, j'étais un trop grand rêveur... N'exagérez pas tout de même. Le juste équilibre est encore un sacré défi ! Les êtres libres, trop libres, le payent souvent très cher. La réalité matérielle - et ses serviteurs - n'admet guère que l'on puisse l'ignorer. Tout le monde ne peut pas avoir la même force d'imagination... La matière - l'argent, les biens dont on cherche à s'entourer, le confort que l'on souhaite pour soi et les siens - est un refuge pour beaucoup. Une réponse à leurs peurs. L'esprit, lui et son monde, sont un autre refuge qui ne met pas grand-chose dans les assiettes. Bien que cela soit discutable, d'ailleurs. Rêver, personnellement, ne m'a jamais empêché de manger. Mais bon... pas facile, tout ça, hein ?

À vivre, quoi.

Les rêves sont faits aussi pour que l'on se retrouve. Dans l'alcôve de vos nuits, nous nous asseyons près de vous et vous parlons. Parfois vous répondez et c'est ce qui vous laisse quelques réminiscences, au réveil.

Les nuits sont propices à la discussion, car les corps sont oubliés. Endormis. Occupés à se régénérer. Nos esprits, en revanche, voyagent. Légers et vibrants, ils lancent des appels qui invitent à se retrouver en toute simplicité. C'est fou tout ce que l'on peut se dire alors qu'*Avant*, nous étions incapables de nous *entendre*.

On ne peut se serrer dans nos bras, mais nous sentons notre cœur battre. Nous le ressentons palpiter. D'abord chacun, puis ensemble, de plus en plus. Ne formant plus qu'UN. C'est là, à cet instant précis, que nos âmes s'illuminent et éclairent notre appartenance à l'univers.

Dans un rêve, le voyage n'a ni début ni fin. Juste un quai, où l'on s'attend. Heureux. Confiants. Assurés de ne jamais se quitter vraiment. Le corps n'est qu'une parenthèse. Un véhicule de passage. Pas nous.

Il faut arrêter de croire que l'on est coupable de tout. Et surtout de ce qui ne va pas. Encore moins de ce qui nous fait mourir. Rêver, c'est réparer et SE réparer. C'est accepter notre départ, contre lequel rien ni personne n'aurait rien pu faire. C'était prévu. Je ne cesserai jamais de vous le répéter. Aucune faute n'existe. Aucune erreur. Aucun regret à avoir... sauf peut-être celui de ne pas avoir su nous dire *Je t'aime*. Mais là encore, était-ce une *faute* ou une ignorance ? Cette ignorance de l'éphémère. Ce refus de savoir que la vie n'est pas éternelle et que nous devons la partager avec tout notre cœur, plutôt qu'avec nos silences ou nos reproches...

Je soupire. Je sais que tu t'en veux. Je sais tout ce que tu aurais voulu de mieux, pour moi. Mais toi... Vous, mes filles, êtes ce que j'ai eu de mieux dans ma vie. Alors bien sûr, on peut toujours regretter ci ou ça, mais non... Ce que je sais maintenant, c'est que dans le courant de nos vies, on fait tous de notre mieux. Et toi, tu as été jusqu'au bout avec moi. Et même *au-delà*.

Vous regardez le ciel avec moi, désormais...
N'en doutez pas.

Vous savez, tous les absents sont présents, ICI. Nous sommes ensemble. Famille par famille, réunies. Je parle de « famille », ceux qui ont (eu) un lieu entre eux, quel qu'il soit. Un lien de parents, d'ami(e)s, de regards croisés mais qui peuvent tout bouleverser. Toutes celles et ceux qui ont croisé notre route pour une raison que nous ne (re)connaissons pas forcément tout de suite...

Aucune rencontre n'est anodine. Elle marque le chemin. Elle influe. Dévie. Bouscule. Explose notre chemin ou le répare... Quelques secondes peuvent suffire. Ou toute une vie. Alors, Après... Quelle émotion de se retrouver. Une émotion démultipliée par toutes nos bouffées de souvenirs. ICI, le pire et le meilleur se sont affranchis de leur « mission » auprès de nous. Chacun vous accueille et vous aime au-delà du bien ou du mal qu'ils nous auront faits. Car c'est ce qu'ils avaient à faire, lorsqu'ils vous ont rencontré. C'est ça le plus fou... de reconnaître ses bourreaux comme ses aimé(e)s, et d'en ressentir toute la paix et la lumière se déverser en nous. En même temps. Nous traversant les un(e)s les autres...

Les retrouvailles, ICI, sont au-dessus de tout ce qui s'est passé dans l'Avant. Et nous en tirons la leçon pour nous tous, des deux côtés.

Oui... Le pire, comme le meilleur, n'apparaît que pour nous enseigner ce que nous ne connaissons pas et auquel nous devons nous « frotter ». Réagir. Répondre ou esquiver. Cependant, c'est seulement lorsque la partie est finie que l'on comprend les règles du jeu.

Se souvenir de tout, est ICI, ce qui nous inonde d'amour. Sans regrets. Sans reproches. Sans colère. Juste cette onde qui vous enveloppe et vous signifie que vous avez été jusqu'au bout de ce que vous deviez vivre. Ensuite... On ne garde en soi que le meilleur. Car celui-ci a été renforcé par le pire, tout simplement. Mais ça... On ne le comprend qu'ICI, bien sûr.

Ne gardez rien du pire dans votre cœur. Ne le chérissez pas comme si vous en étiez l'unique victime et sa complainte. Jetez ce poignard que vous vous plaisez, parfois, trop souvent, à retourner dans votre plaie. Ne devenez pas votre propre bourreau... Protégez le meilleur, au contraire. Nourrissez-le. Donnez-lui de la force, chaque jour, pour faire reculer le pire. Tel est le véritable enseignement. Et non, ce n'est pas si « facile à dire », croyez-moi... Je sais les souffrances. J'y suis passée. Et puis, elles aussi, sont passées... Sourions.

Ton chemin et le mien restent liés. Et maintenant que je sais où je suis, je sais où toi, tu te dois d'aller. Je t'y aiderai. Je ferai de mon mieux pour t'insuffler la bonne route. Celle qui t'apportera toutes les expériences dont tu auras besoin pour t'élever, le moment venu, jusqu'à moi. Te dire que ce sont celles que tu attends ou que tu espères, ça, je ne peux te le dévoiler. Mais ce sont les meilleures. Et elles renforceront encore ce que nous sommes l'une pour l'autre.

Ton chemin recèle la lumière dont nous avons tous besoin. C'est cela, aussi, qui fera la beauté de nos retrouvailles. Tout ce qui est vécu de votre côté déploie ses ondes jusqu'ici et nous permet de vous suivre. De nous émerveiller ou de nous affliger. Mais en aucun cas, nous nous permettrons de vous juger... Car en aucun cas nous n'oublions qu'à votre place, nous n'aurions sans doute pas fait mieux. Juger d'ICI serait un peu trop facile et beaucoup trop injuste au regard de l'amour que nous avons reçu à notre arrivée. À notre retour... en cette boucle lumineuse qui nous libère à chaque révolution de l'âme. Chaque vie. Chaque tour et retour, oui.

Et quel soulagement, à chaque fois, de découvrir que nous nous retrouvons, nous-mêmes et les nôtres, chaque fois plus légers ! Chaque fois un peu plus **nous**, débarrassés des épreuves physiques et émotionnelles qu'il nous fallait vivre, au moins dans une vie ! Seuls restent les joies, les bonheurs, les partages... Et de votre côté aussi, c'est ce que vous devez garder de nous.

« Si je suis encore là », avais-je l'habitude de dire, en parlant de nos projets... Eh bien, *« Je suis LÀ »*, puis-je dire maintenant ! Souris. Souris-moi... Souriez. Je vous vois tous. Et je vous guide, **tous**. Même le plus petit, avec ses grands yeux ouverts. Peut-être, vous lui parlerez de moi, au détour d'une photo... mais si vous saviez, comme l'on se connaît déjà, lui et moi. Ta sœur, *mon bébé,* est le maillon lumineux de toute la chaîne qui me suit. Celui de mon *émouvance,* quand je pense aux épreuves... Soupir... Les peurs de nous perdre étaient grandes. Et nous n'avons pas été épargnés. Mais vois... Voyez le chemin accompli ! Votre père me prend la main et une onde d'amour me traverse jusqu'à vous...

Il y a des choses qui emplissent les cœurs sans que pourtant, jamais, elles ne débordent, car chaque battement gonfle ce cœur et le chemin, alors, va plus loin... riche de tous ceux qui suivent.

Et nos âmes vibrent. Nous dialoguons souvent, mais vous ne le savez pas. Vous êtes si occupés à courir, à vous laisser envahir par tout et par rien. Ronger, parfois. Nos voix. Nos mots. Nos signes, comment pourriez-vous les voir, au milieu de tout cela ? Pourtant, parfois, vous fermez les yeux. Vous soupirez. Vous en avez assez. Et c'est là, que nous sommes les plus proches.

Un souffle sur votre nuque ?

Un Parfum ? Un éclat de lumière ?

Une chanson, à la radio ?

Un oiseau...

Votre attention est là. Retenue. Une fraction de seconde. Juste une. Juste le temps d'une pensée, comme une onde venue raviver la braise du souvenir... Voilà. Ça y est. Ce fut bref et, inconscients, vous n'avez pas cherché à nous retenir. Aussitôt ressenti, aussitôt balayé par le bavardage de votre esprit. Cependant, quelque chose est passé et pourra revenir. La faille est là, oui. Une joie intérieure commune a validé notre *rencontre*. L'énigme de notre rencontre. Son secret, déposé là, à l'intérieur de vous, et qui continue de palpiter...

Un éveil.

Ma main glisse sur le papier...

Les mots sont envoûtants. À peine réfléchis. Juste posés, enchaînés, reliés. On croit que c'est fini, et puis voilà que ça recommence. Une marée de mots, qui ronge la falaise de tout ce que l'on croit savoir... J'écris tous les possibles.

L'insensé possible. La survivance.

L'ombilicale onde qui nous relie entre deux ICI.

Les mots se précipitent dans ma tête et viennent *perdre les encres* dans ma main, sous vos yeux. *L'Après* serait-il une autre naissance ? Immatérielle. Vibratoire. Inspirante...

Mes pensées nomades sont habitées par des passagers de lumière... Pas tout à fait d'ICI, et pourtant... Tout a un sens. Un incompréhensible sens. Une raison d'être et de vibrer au-delà de soi... *Au-delà*... Mes yeux touchent l'horizon que notre corps, jamais, n'atteindra. C'est ça. C'est là que tout se passe. Comme ça, que tout se transforme. Il y a en soi, un passager qui sait où l'on doit aller. Il est le seul à savoir. Tout le voyage est prévu, annoncé dès le début, puis effacé de la conscience. Tout est là. À portée de sensations. Aux confins de nos regards.

À l'envers de nos pupilles.

J'appartiens aux mots qui enfantent un *Après* peuplé d'ombres lumineuses...

Nous appartenons à votre passé et à votre devenir. Plus aucune mesure de temps ne peut nous limiter. Plus aucun espace ne nous est impossible. Nous allons et venons entre les mondes qui s'ouvrent à nos pensées. Notre liberté est totale et sereine.

En plus de moi, un inconnu est passé dans ta tête. Un inconnu que tu as fait naître dans tes mots. Tu ne sais pas pourquoi... Lui seul, peut-être, le sait. Ou son frère, son fils, son père ; ceux qui restent de lui, ou personne. Qu'est-ce que tout cela peut faire ? Tu écris. Tu suis tes idées. Suis ton chemin. Suis ou précède.

Aujourd'hui, c'est moi, c'est lui...
Demain...

Demain n'existe pas et pourtant il est là. Il germe dans tout ce que l'on ne dit pas.

Demain a besoin d'être gravé dans le papier ou dans les paumes pour qu'un jour, on puisse le reconnaître. Le lire. Le toucher. Lui offrir la caresse d'un vent que l'on n'imaginait pas.

Mais c'est avec lui qu'un jour tu sauras crier :
« Je suis née ».

Je suis né. Je suis mort. Et pourtant, je vous parle encore... Je suis passé dans la tête de quelqu'un rien que pour cela... Pour que vous sachiez qu'il reste toujours des choses à raconter.

Ici, tout y est si léger, si doux, si beau, si apaisé. Tout est su et tout est oublié. Seul le plus vrai de nous reste, survit, brille en un unique battement d'éternité...
L'entendez-vous ?

Je suis là. Pour toi, pour vous... les restants ; les pensant à moi de temps en temps. Je suis ce souffle qui passe dans votre nuque, ce sourire retrouvé chez un inconnu, cette musique qui vous fait tendre l'oreille, cette étoile que vous regarderez ensemble, peut-être, un soir de votre vie.

Nous aimerions tellement partager l'amour qui règne ICI. Vous assurer de notre *survie*, quelque part, autrement, et tellement gorgée de tout ce que l'on avait oublié avoir vécu.

Nous sommes chacun comme les cellules d'un même corps. Indispensables les uns aux autres. Évoluant. Disparaissant. Se renouvelant... Jamais tout à fait les mêmes et identiques pourtant. En lignée. En écho. En *vivance* infinie pour que l'univers, jamais, ne s'éteigne. Comme les étoiles pour leur ciel. Le vent pour les nuages... à moins que ce ne soit le contraire ?

Sourions.

Nous aimerions tellement, oui, vous éveiller à cette conscience de nos présences subtiles qui nous submergent, au même moment, fugace... juste le temps de vous faire signe. C'est rien. Juste une sensation. Un bris de lumière. Un effleurement. Un reste de rêve. Une tache de café. Parfois plus. Que sais-je... C'est là. C'est nous.

C'est moi pour toi.

Mais imagine-t-on, un jour, *l'Après* ? Peut-on, ne serait-ce qu'un seul instant, l'imaginer alors que nous rions ensemble, mangeons ensemble, faisons du bruit ensemble, grandissons ensemble, brûlons ensemble ?!

L'Après... Celui avec le vide. Celui de l'assiette que l'on pose sur la table. Celui du fauteuil, vide. Celui du lit, de la cuisine, du jardin, vides... Celui du cœur, tellement vide que l'on pourrait le remplir de larmes sans que jamais il ne déborde. Vide... Mais ce n'est pas possible, puisque *l'Après*, on ne l'imagine pas ! On le chasse de nos pensées comme un mauvais rêve ridicule, qui pourrait même porter la poisse ! Alors, on l'ignore. On le fuit. On On l'oublie, mais pas lui... BOUM.

Il vous tombe dessus et on ne le sent jamais venir. Jusqu'au bout, non, on n'y croit pas. On reste en vie pour deux. On se tient la main. On rêve, même. Encore. On prie, peut-être. Et puis... le vide est là. Il est entré sans frapper ou en frappant si violemment qu'il nous a laissé trop hébété pour nous en apercevoir.

Ni vu. Ni entendu. Le vide a soudain remplacé ton regard, ton sourire, ta respiration. Tout.

Même moi.

Nos vies parallèles ne peuvent se croiser que si notre lumière vous éclaire suffisamment. Mais ce n'est pas nous, qui décidons. C'est vous...

Vous, avec vos yeux qui se tournent, croyant voir une ombre. Vous, avec votre attention qui se dresse, lorsqu'un bruit claque, tombe, et ne laisse cependant aucune trace. Vous, avec cette plume que vous ramassez étrangement dans le couloir. Vous... avec cette montre qui s'arrête. Cette fleur qui refuse de s'ouvrir. Ce ciel, où les nuages cherchent à vous dessiner un aviateur tombé *(à moins que ce ne soit le contraire, décidément)*.

Vous, si vous ne laissez pas trop de place à ce vide, qui ne signifie rien d'autre que l'absence dont vous vous remplissez injustement.

Notre lumière, non, ne peut rien éclairer si vous restez dans le noir. Enfermé. Écrasé. Cœur muet. Cœur lourd. Cœur enflé d'un *Après* arrêté en plein vol. Nié. Enterré. Jeté aux flammes de votre enfer.

Enterré, quel mot horrible. Quel cruel point final au bout d'une phrase qui a duré toute une vie... Juste le temps d'un corps. Juste celui d'un passage. Ce temps, si bref, d'habiter une chair périssable qui nous porte jusqu'au bord de la falaise, là où l'esprit se jette. Aveuglé. Aveuglément. Libéré de tout ce poids qu'il remet aux bons soins de la lumière... Enveloppé. Immergé. Accueilli. Enlacé. *Encielé*, peut-être.

Les courants d'air forcent notre présence.
Vous frissonnez. Votre fenêtre est ouverte.
Nous entrons.

Nous écoutons vos battements. En ajoutons un, parfois.
Faisons de votre sommeil une possible rencontre avec notre Après... La nuit, oui, nous pouvons être là, encore plus. Car c'est l'instant que vous pourrez oublier à votre réveil.

Il n'engage à rien de rêver, n'est-ce pas ?
À rien d'autre qu'à nous retrouver...

La nuit, vous aussi vous perdez votre corps. Il s'efface. Disparaît. Se dilue dans le noir et l'esprit, alors, peut prendre toute la place.

Votre lit devient une tombe de lumière. Votre respiration est calme. Votre esprit se relève, s'élève et vient à nous. Et plus il avance, plus il s'allège pour ne plus être qu'une âme, semblable à nous, ICI, de l'autre côté. Elle seule peut refaire le chemin à l'envers.

Il y a, entre nous tous, un long fil d'Ariane à jamais tendu. Nous allons et venons en le faisant vibrer et l'onde secrète de nos rencontres dépose, alors, en vous, ce lointain souvenir qui fera votre destinée.

Chuuut.
Chuuut.

L'Après inimaginé est donc arrivé. C'est con... Dans la vie, on fait mille vœux et aucun ne se réalise. En revanche, là, c'est tout ce que l'on ne voulait pas qui débarque sans crier. Ou en criant. Cela dépend.

L'imaginer aurait-il aidé ? La mort est-elle faite pour être tapie dans l'ombre, ou acceptée à notre table ?

Le vide en serait-il moins vide, alors ?

Du calme, ma fille. Tu te mets aux aguets comme un animal. Tu fouilles tes pensées pour savoir où je suis. Cherche. Cherche. Écris. Extirpe les mots de ta tête et porte les pages à ton nez pour y retrouver mon odeur. Mais tu as beau tourner les pages, les jours... ta mémoire s'est arrêtée là où je t'ai quittée. Nous ne partagerons plus la même vie. À partir de **là**, non, nous n'aurons plus de souvenirs.

Cette part de nous de nous est terminée. Mais il reste tout le Reste. *L'Avant. L'Après...* sont des mots qui, ICI, ne veulent rien dire. Tout continue. Je te le promets.

Je sais ta peine. Tes peurs. Tes manques. Auraient-ils été moins lourds si j'étais restée ? Combien de temps aurais-tu tenu ? Combien de fois t'es-tu fais mal en me retenant de tomber ? Combien de nuits as-tu passées à m'écouter respirer ? Combien d'ami(e)s as-tu laissé s'éloigner pour, toi, ne pas t'éloigner de moi ? *L'Après* était déjà là, tu sais... Mais il était empli. Totalement empli de moi, qui s'absentait un peu plus chaque jour malgré toi. Malgré moi. Alors ce vide physique, aujourd'hui, ne pouvait être qu'encore plus vide, bien sûr... Mais il n'est pas vide de moi, ma fille ! Il est vide du poids, du terrible poids de moi. C'est tout.

Cela ne pouvait durer. Je ne le voulais plus. J'ai juste attendu que tu t'endormes, enfin, pour partir sur la pointe des pieds, avec ce bagage qui ne t'appartenait pas.

De moi, maintenant, ne retiens que les meilleurs moments. Même en bonne santé, je n'aurais pas été plus loin. Avec l'âge, tu sais, on quitte son corps bien avant de *partir*... On ne le sait pas, bien sûr... Quoique.

Avec l'âge, on quitte son manteau de chair. Lentement. Délicatement. Imperceptiblement. La mue est un long processus que notre âme entreprend toujours au bon moment. Elle seule sait. Elle seule connaît les rites de lavement, d'allègement, *d'envolement*. Le corps, lui, est toujours en retard. Il résiste. Se débat. S'accroche à quelques maladies qui le maintiennent au sol. Le corps, au début, ne sait pas ce *qu'on* lui veut. Il ne comprend pas. Ne peut comprendre, mais finit par se laisser faire. L'âme l'apprivoise. Le calme. Le déleste. Lui permet de se rendre, léger, à son dernier rendez-vous... Je souris... Souviens-toi... Jusqu'au bout, mon corps a été en retard. Même le toubib s'est trompé d'heure, lors de son constat ! J'ai fait dix heures de rab ! Rien que ça ! Cela ne s'invente pas... Tu vois, j'étais toujours là.

Le suis.

Tu jettes un œil par la fenêtre. Il pleut et tu as froid. Arrête de regarder le toit d'en face... L'oiseau que tu attends ne viendra pas. Il était là juste pour moi. C'est moi, qui devais le voir à chaque fois. Et chaque fois, c'était un peu plus magique. J'aurais bien dû me douter de quelque chose ! J'avais rendez-vous avec le ciel.

Regarde tes photos... Regarde... ce n'est pas vers toi qu'il se tourne. C'est vers moi, à côté de toi. N'y avait-il pas plus beau messager ? Le reste, *Après*, on y croit ou l'on n'y croit pas... Comme pour la *fumée*. Cela t'a marquée, hein ? C'était mon cadeau pour toi. Mon cadeau d'adieu. Très peu la voient, tu sais ? Et tu avais compris. Tout au fond de toi, tu avais compris. Mais notre propre puits, souvent, nous fait peur. Alors, on ne se penche pas. On sait... mais on se raconte que l'écho du caillou ne remontera pas. Toute notre vie, nous croyons être des puits sans fond. On y jette toutes nos émotions, nos craintes, nos rêves, nos colères, nos bonheurs, nos pertes, nos oublis... et l'on pense que jamais, jamais rien ne remontera. On passe toute sa vie à s'emplir parce que l'on croit le puits sans fond, la vie sans fin, le temps éternel et puis... l'éternité vient à manquer. On n'ose pas se poser les bonnes questions.

Il pleut toujours. Pas un oiseau en vue *(sont pas fous)*. Le ciel est suspendu comme un vieux torchon mouillé. On vous raconte que l'on est *là-haut*. C'est poétique, mais ce n'est pas vrai. Et je suis bien placée, tout de même, pour le savoir !

Nous restons à vos côtés.

Aux côtés de la fulgurance de votre vie.

Dans cet espace parallèle, qui se colle au vôtre comme le font deux bulles de savon, miroitantes, vibrantes, (s')aimantes... Elles t'amusaient tant, les bulles de savon.

Tu te souviens ? Tu disais qu'il y avait un arc-en-ciel dedans ! Tu soufflais dessus, délicatement, et tu les regardais s'élever. Avec toi, jamais elles n'éclataient. C'était l'enjeu. *L'en-vie* que tu t'étais déjà fixée. Cette impression d'être toujours au bord de *quelque chose...* Toujours tiraillée entre possible et impossible. *UNpossible*, disais-tu... c'est que c'est possible au moins une fois, non ? Alors tu t'appliquais. Et cela marchait bien... pour les bulles. Je soupire. J'ai souvent été triste pour toi. Pour vous. Ne vous a-t-on pas trop fait croire que l'on pouvait toujours rêver ? Je m'en veux un peu et puis... je me dis que le rêve est la seule chose qui nous empêche de dériver trop loin de soi-même.

La rivière de notre enfance, vous savez, a déjà fait son lit en nous. Et elle n'en sortira que lorsque l'heure sera venue. Toi aussi, tu le sais, mon frère... Tout vient de là. Nous devons juste nous laisser porter par le courant. Mais combien d'entre nous... Combien, au cours de leur vie, tentent de le remonter, le courant ?

Il y a toujours un moment où l'on croit en d'autres valeurs, d'autres mensonges, d'autres espoirs... On lâche notre ridicule coquille de noix et on va voir ailleurs. Plus loin. Plus beau. Plus grand. Toujours plus. Parfois même, on crache sur notre coquille. On oublie. On s'oublie. C'est la vie... et l'on va s'y épuiser. Notre conscience, alors, peut nous sauver. Nous faire lâcher ce qui n'est pas nous. Nous mettre ce « coup de pied au cul » qui va nous (r)éveiller avant qu'il ne soit trop tard. Trop tard pour se retrouver. À notre vraie place. Dans le bon sens de notre rivière.

C'est ça, oui... Et ICI, tout revient à sa place. Les regrets y sont ridicules et les erreurs pardonnées. Nous faisons chacun de notre mieux et cette conscience est notre refuge de lumière. Notre ultime mue. Notre rive apaisante.

Nous sommes là.

Le Petit Prince n'en a jamais voulu au serpent. L'heure était venue, pour lui et l'écrivain, de se quitter. Depuis, regardez comme ils continuent d'arpenter nos vies. Sous nos yeux, dont l'essentiel est pourtant invisible, mais vivant ! Revivants... On peut rencontrer tant de gens, dans un livre. Tant de soi. Et on peut les y rencontrer comme on le fait dans un rêve. Pourtant, aucun n'a de corps... Aucun. Leur présence est autre. Ailleurs. Aussi bouleversante que si vous pouviez les toucher. Nous toucher... Nous sommes à un esprit de vous. Nous sommes ce qui demeure dans un bruit, une voix, un geste, une silhouette, un rire ou un silence... Toujours. Toujours aux portes de votre cœur, dont les battements s'accélèrent, malgré vous, à chaque fois que nous vibrons en vous. Et en vous, le passé de nous remonte à la surface selon les marées de l'âme. Imprévues. Laissez-les vous chavirer. Vivez... Vivez !

La violence de certains de nos départs est cruelle, pour vous. Nous le savons. Mais la blessure qui vous meurtrit, l'oubli qui vous tenaille, cette tombe sur laquelle vous vous penchez... ne vous renverra que votre propre reflet éperdu. PAS NOUS.

Pas moi.

Pas moi, non. Tu peux oublier mon fauteuil et tous les objets qui ne valent que par le regard que tu leur portes. ILS ne sont pas moi ! L'essentiel n'est pas le *comment* je suis partie. Mais le *pourquoi*. Et ce pourquoi, c'est juste le bout du chemin. Tu n'y peux rien. Et les objets non plus. Tu n'y pouvais RIEN. Ne te lamente plus. Hurle une bonne fois comme lorsque l'on entre dans la vie. Dans la première. Car il y a plusieurs vies, dans une vie. Et chacune commence par un cri. De joie ou de douleur mais nous crions. Parfois même, nous ne nous en apercevons pas. Il y a mille façons de crier...

Regarde le ciel. Il est bleu, aujourd'hui. Le nuage gris, sur ta gauche, en a fini avec lui. Il passe. Nous aussi. Nous ne valons pas plus qu'un nuage. Mais lui va se dissoudre alors que nous... Nous nous multiplions. Nous allons et (re)venons. Jamais nous ne cessons d'ÊTRE. Seule la forme change. La coque. Le corps. Mais pas l'énergie qui nous mue à travers le temps. L'âme est cette part de nous qui ne cesse de briller, de nous guider. C'est un éclaireur infatigable qui ne peut s'éteindre puisqu'elle appartient autant à *nous-m'aime* qu'à l'ensemble de l'univers... C'est fou, non ?

C'est tout ce que l'on ne sait pas, *Avant*.

Comprenez... Dans la clarté du jour, nous allons. Et nos yeux nous précèdent, engrangeant la lumière. Cultivant la semence d'étoiles pour les jours où il fera nuit. Nous ne faisons que ça, en vérité, dans nos vies. Le reste, c'est du quotidien. C'est tout ce poids sur nos épaules. Ce vent qui étouffe nos cris à force de bourrasques. C'est rien. Un passage. Juste une barque qui traverse, avec un seul passager... Entendez-vous son clapotis ? Il frappe le bois. Rythme la lente coulée de lumière que vos mains viennent recueillir aux bords de nos yeux...

Mort. Morte.

Il est dit que l'on ne regarde pas la mort les yeux ouverts. On ferme les fenêtres. On veille. On défie la lumière de nous abandonner. De rester dehors. Repoussée. Conjurée de laisser *l'Autre* emporter sa proie dans le noir. Dans l'encre du silence qui colle les lèvres. Dans l'odeur d'un *Après*, imputrescible.

Pourquoi aimer, alors, si l'Adieu nous broie le cœur ?

Pourquoi vivre ici-bas, si l'on sait comment voler ? Quelle est cette part de soi qui reste ? Veut rester, coûte que coûte et redresse le corps, les yeux. Agite les mains. Prononce des vœux comme ceux que l'on grave, enfant, sur le tronc des arbres ou dans le sable d'une plage que la marée vient recouvrir aussitôt ?

Pourquoi...
Et qu'emportons-nous, *Après*, qui sera encore nous ?

*Mais tout. Nous emportons **tout**, car chaque chose est nous. Chaque expérience est une formation de nous. Chaque étape laisse un peu de notre peau au bord de la route mais augmente le chant de notre âme.*

Elle, est tout.

Et c'est d'elle seule que s'élèvent tous nos cris. Même les plus silencieux. De son souffle... L'âme est notre gardienne. Elle recueille patiemment tout ce qu'elle sait de nous, avant nous. Elle ne juge pas. Ne prévoit pas. Nous raconte, sans jamais rien nous révéler. Sans elle, nous n'existerions pas. Elle est la véritable semence première. La matrice unique. Sacrée.

Voyageuse infatigable et discrète qui passe, corps en cri. En vie. En boulimie de vies...

C'est beau, une âme, vous savez. Cela ressemble toujours à quelqu'un que l'on a connu. Été. Aimé.

Et toutes, nous attendent. Nous accueillent, juste *Après*. Chacune ne faisant qu'une. Chacune étant une part de l'autre. ICI, nous réalisons que nous sommes tous d'une même famille. Aimante. Lumineuse.

Attentive à ce que nous rapportons chacune de nos voyages, car c'est ensemble que nous apprenons. Que nous grandissons. Que nous nous allégeons.

Un jour, nous saurons tous que la mort n'est que l'illusion avec laquelle nous apprenons à Être.

Pourquoi nous pleurer, quand on est mort ?
On ferait mieux de pleurer de cette beauté d'être en vie !
Merveilleusement en vie !
Sublimement en vie !

La mort n'est qu'une page de plus, dont le souffle nous pousse d'une rive à l'autre...

Et toi... mon frère, mon père, ma femme, mon époux, ma sœur, mon ami. Mon autre, qui que tu sois...

TOI, tu es né Homme et tu portes en toi la mort qui fera de ton âme une lumière de plus. C'est tout. TOUT. C'est le mouvement de notre Être. Ne crains pas ce que tu vas quitter. Ne pleurez pas le départ d'un(e) autre. La vie n'est qu'un quai de gare de plus. Et nos voyages, infinis, sont toujours une promesse de retrouvailles.

Malgré nos cœurs alourdis, rien n'arrête le soleil de se lever ni la nuit de tomber. Rien. Même pas la mort. Nous sommes éternellement des êtres naissants et renaissants. Nous faisons chacun les choix que nous devons faire, même les pires. Car c'est toujours le pire qui nourrit le mieux. Nous en doutons souvent. Cela nous semble inacceptable. Cela nous met en colère, en révolte, en insupportable injustice... et pourtant.

Avec autant de violence ou de douceur, la nature se renouvelle sous nos yeux. Elle naît et meurt sans que nous versions une larme. Sans que nous en soyons plus révoltés que cela... C'est un cycle qui nous semble naturel. Alors, pourquoi sommes-nous si paniqués dès qu'il s'agit de nous ?

Les Hommes valent-ils tellement plus qu'une fleur ou un baobab ? Que serait-on sans la magnificence de la nature ? Aussi cruelle soit-elle, parfois... Tout nous vient d'elle. Même notre propre regard sur nous-mêmes. L'ignorer, c'est oublier que c'est elle qui perdurera après nous. Les hommes ont oublié l'essentiel de ce qui les font Hommes. ICI, nous le savons. ICI, nous nous retrouvons et mesurons notre égarement.

Mais il n'est jamais trop tard pour œuvrer. Et la mort sert peut-être à cela. Juste à cela... Réparer. S'améliorer. Ré-inventer l'Amour oublié. Pour soi. Pour tous.

Oh, mes amours... La vie n'est pas toujours tendre, c'est sûr. Elle nous fait prendre de drôles de chemins. On fait pour le mieux. On ne choisit pas. Du moins, le croit-on. Mais souvent, aussi, elle peut être belle, douce ou étonnante ! C'est ce qu'il vous faut retenir coûte que coûte, car que savons-nous, de la Fin ? Pas de la mort, non. Mais de l'achèvement de notre boucle...

Le mot « FIN ». Cette FIN existe-t-elle vraiment ? Et qu'y a-t-il au bout ? Là est le vrai grand mystère. Même nous, ICI, ne savons qu'une part des choses. Celle qui va nous servir exactement là où nous sommes, pour ce que nous avons à accomplir.

À chaque étape, nous franchissons un seuil. La porte d'une vie. Une vie de plus...

« D'où venons-nous ? Que sommes-nous ? Où allons-nous ? » Ce tableau[6] t'a si souvent interpellé, même si tu n'en aimes guère le peintre... Ces trois questions ont toujours été d'une telle résonance en toi. Ta quête artistique y trouvait toute sa symbolique, tout son sens, ta *né-sens* sans cesse renouvelée et cependant jamais atteinte...

Tu es ta propre énigme, ma fille.

Il y a des gens, on ne sait pas d'où ils viennent. Toi, tu es de nulle part. Tu n'es même pas née. Tu accouches de toi-même, et puis tu meurs. Seule. Encore et encore.

Tu soupires ?

« - Je ne te quitterai pas.
- J'aurai l'air d'avoir mal... j'aurai un peu l'air de mourir. C'est comme ça. Ne viens pas voir ça, ce n'est pas la peine.

---

[6] Un tableau de Paul Gauguin, réalisé aux Marquises en 1897.

- Je ne te quitterai pas [...]

- Tu as eu tort. Tu auras de la peine. J'aurai l'air d'être mort et ce ne sera pas vrai...

Moi je me taisais.

- Tu comprends. C'est trop loin. Je ne peux pas emporter ce corps-là. C'est trop lourd.

Moi je me taisais.»[7]

Ce n'est jamais le hasard, lorsque l'on ouvre un livre et que ses mots résonnent... Quitte-moi, ma fille.

Un livre, c'est comme une vie. On essaie toujours de la retenir, quand on sent que c'est la fin.

On ne voudrait pas en finir d'écrire. Des pages, des mots, des choses à dire, encore, encore un peu... Comme un morceau de gâteau que l'on réclame enfant parce qu'il est trop bon... « Un tout p'tit peu, dis ».

Allez... une page, juste une. Encore une.

Mais ton encre est noire...

La nuit tombe aussi, sur les livres.

---

[7] Extraits : « Le Petit Prince », Antoine de Saint-Exupéry.

D'Âme no.5 - détail

La dernière page est là. Sans plus de réverbères. À peine quelques étoiles, qui luisent pour que tu en termines. Ne résiste pas... C'est moi qui ne te quitterai pas. Je reste dans ton ciel, tu sais... JE RESTE.

Je suis à l'intérieur de toi.

Nous le sommes tous. Ne soyez pas tristes.
Vivez car vous nous portez.

Nous sommes à une traversée de vous.
Vous êtes à une seule de nous.
Un pas.

Un souffle.

Le premier d'une autre vie.

Mon père est mort, et je lui ai fermé les yeux parce que cela se fait. Ma mère est morte, et je lui ai fermé les yeux parce que mon cœur n'en pouvait plus qu'ils me regardent...

Moi, quand je serai morte,
surtout, ne me fermez pas les yeux.
Je veux qu'ils s'accrochent encore à la lumière. Je veux qu'ils vivent, encore un peu, en se faisant miroir. Je veux qu'ils vous regardent me regardant.

Je veux être morte en regardant la vie en face. Cette putain de vie dont la chaleur fut si brève, si vide, si impuissante à éclairer mon chemin. Mais c'était le mien.

Laissez-les, grands, écarquillés. Béants de l'autre vie commencée, in-finie...

Et mes Yeux resteront ouverts,
pour que dure l'éternité.

Tout continuait...

Je T'écris depuis ce pays lointain d'où l'on ne
revient pas. — Ma voix Traverse le voile et
vient se poser sous le Stylo d'une inconnue —
Une fille banale — anonyme — mais qui sait l'Absence.
Elle écrit un peu pour elle, aussi — En vrai,
il n'y a que l'Absence pour faire écrire, n'est-ce pas
— Et c'est cruel de devenir Absent après avoir été
non-né. Je soupire. Rions. La pauvre ne
sait pas sur qui elle Tombe ! Qu'est-ce que je
fous là, se dit-elle — Mais je ne lui réponds pas.
Cela ne la regarde pas, ou alors — juste un peu,
car elle est du même côté que Toi —
Je soupire à nouveau ... Il ne faudra pas lui dire
mais même moi, je ne sais pas ce que je fous là.
C'est Ta faute. — A cause de Toi, le mot FRÈRES
entre nous, ne pourra plus s'écrire qu'au pluriel —
C'est Ta faute, oui, mon Frères.
— Ma faute de Faux Frères — Demi — Demi fou —
— Demi-né dans cette part qui n'a jamais
appartenue qu'à Toi. Regarde. De notre
Gérafon, je ne peux réclamer que le nez —
Mais moi, Alexandre, je n'ai pas Trouvé le joint
Ce fameux joint entre mes désirs et le monde
J'ai essayé pourtant ...

Tout s'était terminé une nuit de juillet. Puis tout recommença une nuit d'octobre...

Des mots
Une lettre...

Une simple lettre
venue de plus loin que soi.

Alexandre Jardin écrivain ✔
1 h · 🌐   ···   ✕

Quelqu'un vient de m'envoyer une lettre brute, inspirée, imaginée, non sentie, par mon frère mort. Une lettre de son au-delà, vibrante : «Tout le monde a écrit sur tout, sur vous, sur eux.... Mais lui ? Il avait son mot à dire ». Larmes. Choc total. Larmes.
Geste si étrange : faire parler la part de l'absence, et donner des mots à celui qui « n'est pas né », comme disait Emmanuel.
Comme si j'avais publié ce livre pour recevoir - enfin - cette lettre fulgurante d'Emmanuel.
La littérature ouvre le ciel.
La littérature est magie.
@editionsalbinmichel

alexandrejardinecrivain Quelque chose d'incroyable s'est passé à travers cette personne...

---

alexandrejardinecrivain Il y a deux jours... un lectrice inspirée de #freres a pris la plume pour mon frère Emmanuel, une plume vivante ! Je l'ai reçue... je l'envoie. Il aurait pu l'écrire ...

alexandrejardinecrivain
choc incroyable

alexandrejardinecrivain (Chere auteure généreuse de cette lettre, signalez vous si vous le souhaitez !)

MERCI

À toi, Mamy

*Je dédie ce livre à toutes celles et tous ceux
qui ont perdu un être aimé.*

À ma sœur

Et mes Yeux resteront ouverts...

Auteure

Isabelle Beaujean est née et réside à Châteauroux (Indre). Très jeune, curieuse de la diversité des cultures, c'est en tant que Plasticienne et calligraphe qu'elle affirme son indispensable quête de création.

Alternant peinture et écriture, son œuvre évolue entre tableaux de chair et calligraphies mystérieuses ; carnets d'Impressions et palimpsestes d'argile... Mille et une réalisations d'où surgissent autant de Livres que de Poussières d'hOMme et autres viSages de lumière...

Pour cette artiste, porteuse de mots, chaque regard devient prétexte à fouiller les profondeurs de l'être, ses dimensions, ses projections, ses émanations. L'Homme sort alors de sa boue de pigment et s'élève, s'extirpe, aspire à toucher l'intime obscur... qui le rendra lumineux.

De ses rencontres avec d'autres créateurs (chorégraphes, photographes, auteurs...) naîtront bien des projets, transmissions, enseignements riches de l'osmose des mots, des images et des matières...

Pour elle, à chaque pas, chaque geste, se dessine l'expérience du sacré... Ce rêve par lequel s'ouvre tout un univers aux initiations perpétuelles.

 Vous pouvez retrouver l'artiste-auteure via internet et sur les réseaux sociaux.

À noter que l'artiste est également co-créatrice (et chroniqueuse) du magazine littéraire et culturel : **Libre Mag'**

creationslibreslivres@orange.fr

De la même Auteure

- Le Vol du Héron - BoD 2024

- De l'émOtion... *en réflexOlogie*, ré-édition 2024 *préfacée par le Dr. Christian Bourit.*

- Le miroir des Anges. *MS408 -* BoD 2023

- D'encre et de Peau, ré-édition 2023 *préfacée par Sophie Chauveau.*

- Un chemin dans la Nuit - BoD 2023

- Les Chants d'ESEBELBEL, *Haïkus de ciels et de cendres* - BoD 2022

- Sous le Pont des mots, *coulent des histoires et encore des histoires* - BoD 2022

- Flaques de Lune dans la Nuit - BoD 2022

- Le P'tit Débarras *au fond du couloir* - BoD 2020

- De l'émOtion... *en réflexOlogie* - BoD 2019

- De réflexologies en REFLEXOLOGIE - BoD 2019

- Neige Interdite, *nouvelle édition enrichie* - BoD 2019

- Les Saisons de l'Absence - BoD 2019

- Neige Interdite - Éditions Regard & Voir, 2016

- *Isabelle Beaujean, Palimpsestes et glyphes dans les plis de l'œuvre,* Arts Actualités Magazine, nov/déc. 2007

- Impressions vagabondes, *carnet de voyage à l'intérieur d'une ville* - Isabelle Beaujean & Jean-Henri Militon, Éditions Les 2 encres, 2006

- *Rencontre* - Magazine du Berry *La Bouinotte*, n°89 sept. 2004

- Couverture pour « ARTémotECRIT », avec double-page - ouvrage pédagogique de Nicole Morin - Éditions du CRDP de Poitiers, 1996.

Nos Créations Libres Livres
*via les éditions **B**ooks on **D**emand*

- Mémoires d'un Fugueur - Antoine Richard, 2024
- Mélodie, âme perdue - Claude Schmit, 2024
- Le Vol du Héron - Isabelle Beaujean, 2024
- De l'émOtion... en réflexOlogie - I. Beaujean, ré-édition 2024 *préfacée par le Dr. Christian Bourit.*
- Le miroir des Anges. *MS408* - Isabelle Beaujean, 2023
- D'encre et de Peau - Isabelle Beaujean, ré-édition 2023 *préfacée par Sophie Chauveau*
- Les disparus de Saint-Palais - Sylviane Cagnier, 2023
- Un café en terrasse - Gérard Chareyre, 2023
- Un chemin dans la Nuit , Isabelle Beaujean, 2023
- Les Chants d'ESEBELBEL, *Haïkus de ciels et de cendres* - Isabelle Beaujean, 2022
- Le vent de la TERRE - René Barret, 2022
- Albatros ou Chien-Loup - D. Thomas & T. Blasphème, 2022
- Les héritiers du nouveau monde - Didier Mayet, 2022
- Sous le Pont des mots... *coulent des histoires* - Isabelle Beaujean, 2022
- Movie Life, *l'homme que j'étais* - Ylan Corso, 2022
- Flaques de Lune dans la Nuit - Isabelle Beaujean, 2022
- Histoires et Légendes de Kédalys - Claire Mittereau, 2022
- Tout pour la poésie - Bernadette Murat, 2021
- Lettre à Ava, *la fin des colombes* - Déo-Christian Haringanji, 2021
- *Il était une fois...* La Manufacture - Robert Pasquiet, 2021
- Un coup sur le carafon, *Rendez-vous avec Miss Parkinson* -G-P de Barfon, 2020
- Le Train de la vie, contes de la vie d'un homme enfant - Gérard Chareyre, 2020
- D'encre et de Peau - Isabelle Beaujean, 2020
- Le P'tit Débarras au fond du couloir - Isabelle Beaujean, 2020
- Les Lumières de ma vie - Fabienne Couturier-Blin, 2019
- Nancy Holloway, *la Perle noire des Sixties* - Gilles Guillemain, *préface de Josiane Balasko,* 2019
- Les Lumières de ma Vie - Fabienne Couturier-Blin, 2019   .../...

- La Vigne en France et son Terroir - François Reignoux, 2019
- De l'émOtion en réflexOlogie - Isabelle Beaujean, 2019
- De réflexologies en REFLEXOLOGIE - Isabelle Beaujean, 2019
- Quand la tête fait maigrir - Pascal Delattre, 2019
- Neige interdite *(nouvelle édition)* - Isabelle Beaujean, 2019
- Les Saisons de l'Absence - Isabelle Beaujean, 2019

Créations Libres Livres
Un accès au monde de l'auto-édition accompagnée !

Laurence Dubranle, associée à l'édition

Isabelle Beaujean, associée à la création

Pour contacter nos auteur(e)s ou nous soumettre un projet

creationslibreslivres@orange.fr

Merci aux équipes de Books on Demand

© Isabelle Beaujean, 2024

LIBRES LIVRES

Un accès au monde de l'autoédition accompagnée !

Édition : BoD • Books on Demand GmbH,
In de Tarpen 42, 22848 Norderstedt (Allemagne)
Impression : Libri Plureos GmbH,
Friedensallee 273, 22763 Hamburg (Allemagne)

ISBN : 978-2-3225-5096-8
Dépôt légal : Octobre 2024